呼ばうべきエウリュディケーを持たず
声かけあうべきイザナミも持たず
すでにして列車は
真空の
東京に入る。

東海道新幹線
下りひかり１２３号新大阪行
乗り継げば西方へ
氷雨ふる吉野へ
復命すべき何ものもなく
夜半には
来るべき記号へと自らを解く

現代詩文庫　229

思潮社

田野倉康一詩集・目次

詩集〈廃都〉全篇

詩集〈産土／うぶすな〉全篇

作品論・詩人論

装幀・菊地信義

詩篇

渡海破　1

つとに座礁をもてあそび
岸、さみどりの遊行の果て
持ちかえるべき法《ノリ》もなく
一旒《リュウ》の　コピーをささげ
一海をわたる

方、千里
型押して喪の蒼空を翔け
やがて不能の声たかくして
通信は
孤愁のうちに降る由もなし
ここに解かれる盲目を得ず

つまり渡海の航跡もまた
机上の図示に先立って無く
断片の
あつまるところ系をなす
振幅もまたものさびしい信号となって
網図のうちに
ただよっている

＊

狭い夜々の漆黒の沖
実写の島も満潮である
その沿岸にわだかまる
かすかな微笑をはりつけて
真夜の潮目をたどる者…

不意に弧空の薔薇を裂いて
溢出する代赭の地平
凮、

水、
土、
森叢の
苔むした針の下草を欠き
描かれて
なお実在を名に負う島の
斜線の中にも港湾がある

ひとときは楽浪の
東南大海中に星をまき
黒光りする桟橋をぬけ
ひとつ船に塩を積み
蜜を積み
かつても今もこの岸に着き
この岸を発つ
記憶の鞘に譜をおさめ
夏至の名利にたゆたっている
匿名街区を正視せよ！

＊

寸断に憑き
光芒を刈る
海峡の
まどろみのうちにまたも航跡は閉じ
ときならぬ
慟哭もまた所与の映像となって

今はただ
指定のセルにことごとに絶え
たまきはる
うつつの声の共振を分け

追憶の
かがやくしじま
喩を華に
名残る余韻の複製を継ぐ…

渡海破　2

かくして
あらゆる対峙は消え去るであろう
生者の側の平和が
死者の意匠をめぐる
美しい廃都
実りゆたかな書き割りの原野の
検閲と掃討をともに拒み
忘却と忘却の底深い
間隙に
生きよ

雨季が去り
どんな季節のうつろいもなく
喪の夢に
埋め尽くされる
印南国原…

片輪の神が
百済路をゆく
枯れ果てた死屍の立ち尽くす野を
いかなる判者の装いもなく
紀伝のうちに名をつらね
鉛の天に沈む砂丘や
空のふかみの暗い言葉を
さみしい樹木のふるえにも似て
冬枯れの
渭水のように
軽々とこえる

仮の通夜
叢林のなかに
色深く宿る
無窮の炭化に身をゆだね
剝き身の夢をなだらかに折り
つぎつぎと
雙眼の

天日矛が渡来する
夜を切る海峡の破片にも似て
色あたらしい葦原をきれぎれにはしる
発信の
樹々のこずえに
断片の
過剰な語彙の
偏在を晒し…

（天日矛は出自なき発信の
　机上にうかぶ幾百の名だ）

命名の叙事
海東の
一天子国への晴れやかな軌条に
洛陽の光暈はいやましにあまねく
はじけとぶ気泡に
つぎつぎと
真空体を仮構する

千鳥式坪並
幾重もの築地
（その風景の内破）

使持節都督　倭　新羅　任那　加羅　秦韓　慕韓　六国
　諸軍事
安東大将軍倭国王
自ら甲冑をつらぬき
山川を跋渉すること
寧處にいとまあらず
線を引き
輝く方へ
目は泣きぬれた万緑を耐え
均質の平たい喧騒の葦原に
幾重もの幾重もの
掃討を期し…

縮尺がしなう
掃討の幅広い軍道をよぎり

倍数の
片輪の神が目ひとつでゆく
倍数の
剝き身の夢をなだらかに折り
書紀の背後に間道を抜け
眼前の
明澄な河床と見えて
実は仮想の国境を越え
むしろ未完の地勢をえらぶ

交配に
つのる言葉と
解法を賭し
激情の
よびかけは不発の
風雲となって
なお
月読みの
薄い眉間にたなびいている

まだ整わぬ机上の島に
天日矛がかくれゆく

豊葦原瑞穂国
そのたおやかな
晩秋
黄にもえる着色の歴史を
夕暮れの基線が
今
ひっそりと
こえる…

律令 1

仲秋の書架を不意にはしり
背をひくくして
落日を描く

匿名の
やさしい絵師が
瀬を渡る
都城

ただひとひらの光を閉ざし
馨しくも滅びてゆくか
机上の街の
たかまる公理の快晴をついて
漆黒の影が
群衆をよぎる

分岐する語彙の
構造に似せて
品薄の名辞が条坊をかざる
常に真昼の朱雀大路だ
祓えるものは祓いつくされ
大宮人は胎生の
浅い眠りをあざやかに眠り

念願と応験の
はなやかな条理も映像でくくる

あなたには告げよう
暗くさびしい野原なのだ
書き割りの青空
書き割りの青垣
洛外に空はおもいもよらず
たたなづく
その欄外もはや、死をまねび
またも静かな自由なのだ
もとより夢も信号に没し
なだらかな声の屍を生き
ファイルには
律令の
無数の卵の
浸潤は止まず

＊

役割が降ってくる
やがて季節の立つ前夜

＊

適温に
保たれてある
寂寥よ
ひとときは内にあり
ならされるとも
はみだして声となり
穴となり
ついに私性の行方を知らず
ただちりじりに語るもの
語られるもの
名指された封土の異同をただし
自明の謎のそばにたたずみ
流転する根拠の弊衣をまとい

実証と実証の明澄な谷間
あまたの位記が群れなして消え、、、、、、、、、

かたらえば
途上にひらく仮の自由も陰影のまま…
自らの消滅にのみ
行き着くだろう

散逸の
季は浅く
気圏はなおも
快晴である…

律令　2

さらなる声が不意にたかまり
名目の卑族はただ平原を埋める
おびただしい辺境の

破水の朱夏は狂操に燃え
系《セリー》のうちに
消失を告げる

それもまたあざやかな未生の仮泊
濃密な残闕の
ありふれた挿話また挿話
手つかずの寒気を四散してはつきぬけ
まだ生まれ出ぬ国郡を種蒔く
律令の
未だほの明い公理をかざし
輝ける
余白の大河に沿って
能くものを言う葦原をひらく
陸奥国按察使兼鎮守将軍従四位下
大野東人《オオノノアズマヒト》
そのやわらかい唐衣の肩に
均一の光はやさしくすべる

賀美
色麻
桃生
孤古田
玻璃
島俣
多無呂
阿馬奴馬
孤穂璃
精鋭百九十六騎国兵五千
折々の命名に渇き
命名に憑かれ
書き割りの青空に
赤黒い血尿をたらし
大きな黒い人々が去る
未完の気流をまいて
なつかしい大地は
死相に染まり…

昨日あの谷に浅い眠りを埋める
幾百の毛人の虹色の背を見た
はじけとぶ一閃をうかべ
あたりは
平静な大気の
静謐にあらたまり
そして、今
ここに名をふられ息詰める村
はてしない条理をのぼりつめれば
あかねさす万物の扁平が見える
名目の卑族はあざやかに暮れる

傾くな
この平原もまた
漠として底堅い市街地の風姿
つかのまの勝利と敗北を統べる
幾百の物語を
一巻の正史へと

美しく均らす
陸奥国按察使兼鎮守将軍従四位下
大野東人
なお均一の光澄む
机上の
版図

造作
軍事
征夷の時代
命名は幾度も挫折する全体をこだまし
その完成を賭してなお行き着かぬ官道はのびる…

律令　3

それとも読んでしまったのだろうか

なまあたたかい雨降りの夜

打伏せられていた核《コア》
入念に
ととのえられた紙片をぬって
人知れず
すくわれてゆく夕暮れがある

なべてやさしい静寂の日々
すがしい速度で編纂がはしる
平安
ふきぬけよ
颪
因果律の重い堂宇へ
だが像としては立たぬ異貌の
都城ばかりが立ち上がる

詠嘆をひるがえし
秋思をたたえ
この盲目の異文には
荒涼とした

誕生の屍骸がうずたかく積まれ
ひととき
星晨は
飢えた白紙の大海にある

配備せよ
金光明四天王護国の寺
昏倒をくりかえす万象にあって
扁平なアジールを神学にまで高め
黒衣の夢が耐えている
鎮護国家の滲出は止まず
広大な
干潟には
空欄のみの大内裏《ダイダイリ》
痛む五臓がなつかしい

その連翹の亀裂から
どことなく相同の
淡い机上の蚊屋を吊り

深い記憶の祭壇を経て
唐尺の
四角い街が
そろうのだ

いや幻ではない
その連禱の中
地上に集う街路樹はやせ
もの静かに暗渠が閉まり
停止する少年の
つややかな笑顔
のどもとに快晴を押し包み
明澄な処方は
中原の摂理と
今、ひそやかに均衡する…

律令 4

禁裏より
海峡へ
船は行くまぼろしの遣唐使
今日も身重の天穹を抱き
復刻の
英雄譚が孕まれる

盛夏の塩が点々と落ち
鮮明な寧波《ニンポー》
まなかいに一輪のかんざしを刺し
伸びあがる長江の向こうに
背を向けたつめたい玉体がある

水雲をついて
汽船より重く
唐律が刑を張る
はりつめる大気

その尖端に名をつらね
たたなづく
海東の一天子国へ
ひとむれの残響はけざやかにわたる

地の眠り
鎮めをこめて
なお名を成すか
律令
晩唐の弱い光に
想像の気圏をも加え
名をおびてあらわれる暗礁はくらく
今はただ新月の歳月を生きる

神々の配置
解釈の布置は
長安の臨界にその峻忙をきわめ
すでにして正史は
確実な神話に

ことされて
ある
延喜式
弘仁格式
令義解
令集解
幾重にも網かける注釈の征夷の
肩ごしに目を伏せて
今はただ　映像の
来世の門を薄明に辞し
節刀を帯びて
海峡を渡る

持節遣唐大使参議左大弁式部権大輔従四位下
菅原朝臣
東風に華やかな空想をのせ
群を成す編纂に編纂の果て
一様に灯のともる
たそがれの街路を

急速な故郷が
いま
さわやかに
抜ける…

律令　5

まだらの吐息がたちのぼる頃
病棟の西北に条坊はひらけ
残酷な長い現実の
都大路に陽は降り止まず
覚醒に
覚醒の果て
冴えわたる
しらじらとした白紙の宿り
あまたの定理を咀嚼する
うららかなひとひ

九条九坊から
洛外へ
人知れずおびただしい
没落が移った
死者たち
と呼び習わすにはあまりに既知の
こごる思いを辻々に配し
木津川へ
（タマ川へ）
ゆっくりと
近づいてゆく
人影が
ある

かりそめの洛中の
真昼間から身をかくし
急速な横断へ
過剰な展都を逃れ去り
打ふるえている木々のこずえに

異形の耳がたわわに実る
そのタマ川を影深く越え
恩賜の知行を虚空へとそらし
韻を欠く
そのはざかいへと退いてゆく

（木霊を追って…）

自らの水系の
はてしない拡張をめざし
炎天の大地を華やかに押し渡る
ひとむれの
将軍たちの幻想がある
官道を継いで
いまひとつの系を引き…
（一級河川淀川水系、木津川、鴨川、桂川）
その後背に
生きたまま
えぐられてゆくまなざしの廃墟

明澄な回帰を征討に置き換え
都城の上になおたゆたっている
おびただしい王族たちの数知れぬ名
その異名の遺書を踏み分けてみよ

あらゆる名簿がくくられる頃
命名の配備は辺境におよび
爛熟の京師は饒舌の中へ
饒舌の底深い混沌の中へと
ぐずぐずと
くずおれて
ゆく

遅延から
こぼたれる
そのものの名をも
解き明かせ！

緩慢な移行を官道に継ぐ

ほがらかな氏族は
木津川に沿って
タマ川を渡り
条坊の中のなだらかな死へと
死の内の永劫の治癒へと
常に
この病棟から
打ちよせてゆく…

律令　6

鉄器の乏しい文化では
墓を夢の力で掘る
たとえば古い岬の奥の
洞穴にひらかれたその羨道をたどり
純粋な暗闇にも似た真昼へと向かって
墜ちてゆく
もののけどもの背姿を見る

そんな時
めくるめく
英雄たちの幻が
熱い饒舌の波濤をけって
架空の空を
つぎつぎとわたってゆくのだ

＊

東山道、下つ道
群青の国府へ
迷妄の酔いに語り得ぬ幾百の物語から
帰還へとのざらしの押韻をたどる

西北へ
万緑をこえて空文はかしぎ
連綿と
血の係累は複製におよぶ

草々のみぎわなく
潮干ににじむ
仮の故郷を幾百と経て
机上の地誌がなごむのだ

国ぶりの
長い歌謡が時を刻む
遠雷をとよもし
行間がかわく
発語の
うらさびたひびきが
東院をわたる
武蔵国多磨郡
法華滅罪の寺跡
深みの青い小径
なおたたなづく
簡潔な山
驚倒せざるものどもはかすみ
蒼芒の基壇に西陽はかげる

ああ　落魄の経血がとじる
肉林の母がなお鮮やかだ…

＊

海辺の
官道の
はるかなもつれ
啞の風花はかろやかに舞い
老残のみささぎを
さむざむと洗う
東京都下　府中市
宮町　本町のあたり
多摩川べりに閉居して
木杭のように曇天を見る
目の奥の青いひだ
その肉びらのかすかなふるえ

詠嘆の切尖にナスを植え
さむざむと暮れてゆく平面を語る
ひとしきり
太刀を侃き
鏡を斎く人々がすぎる…

廃都　1

採光するでなく
覆われた
消えて間もない穹窿を支え
なおも夜半のイマージュを囲う
迷いさえ
視覚の均衡のうちにまどろみ
通り過ぎてゆくものは
おしなべて、明るい
見はるかす舞踏の
緩急は基線のしじま
夢だろうか
印字は
ゆっくりとその断層にしずみ
色調をかえて
水流を告げる
狗奴の影
不意によぎる背景の消去に
ああ
いまも美しい方眼はさかえ
見よ
曇る目に
ときならぬ糜爛への
欠損はすすむ

予感にも
ただ
茫洋と選り
夾角をうらさびて

再読の夕べ
上映のほの白い錯誤が音もなく降りしきる
それもまたつむがれた名望の酔い…
かたえには
膨大な
枯れた河川の隠蔽がある

仮死をかけ
薔薇色の
啖を吐く
こけむして砕け散る碧玉の空
ゆれうごく喪の迷走をかわし
長尺の型こわれ
公簿の川の残像を追う
その果ての
比高の坂にかいもなく
あらゆる異同を名指すのだ
そこからの薄暮、神々は散り

言葉なし
無精の卵が地に満ちている
仮の夜を
たどれども行き着かぬ匿名の街
東京都杉並区天沼2―44―11
風の鳴る天井の　不意の透過も
こもりがちの
回線の群れへ
四分五裂
カギ裂きの街路は
まもなく復旧する…

廃都　2

片鱗
傾く月

草上の墳墓に
一様に冥く
いまもまた回想にうらさびて
洞道にこごる

水鏡
酔狂もまた
破端を切り揃え
午睡の河も平明に憑き
色どりは淡く
折りふしてまた
廃港も香る

かつて遠く
北の領野へ
記憶の通う空に満ち
結び引き合う澱ゆるやかに
いまは仮想の夜に浸され
長く長く
その顚末をデジタルデータに語り継ぐ

*

そこかしこに煮こごって
なおも耐え難い均質を耐え
未練と言えばまさに未練の
発語の垣をとりよろい
あらゆる皮に解決を果て
われわれは
問いだけの
発語の縁に
傾いている
（それもまた真昼間の
整えられた切り岸のうち）

この耐え難い文字の羅列
行方なき選択の
キーのはずれに流水を追い

流水の
その「現況」を抹消する
たちまちに折りかえる無季の街
均一の
光降る
机上の
起伏

たたなづく端末の
ほの白い荒野
吹きすさぶコード化の
明澄な嵐
隈もなく
蔭もなく
同じ異貌の人がつらなり
街並は
遠からず
近からず
ただ冴えざえと

静止する

この純正
懸崖のその背後から慣らされる
無数の叙事にみとられて
真夜の都城にみぞれふり
ひとむれの
荒ぶる語彙の遠吠えもなく…

斜に見て
遠ざかる
記憶の岸にかむあがり
ぬくみなき
白光をあびてたとえられ
ひとつの街が、、、、、、、未完に終わり
地平には
対話を欠いて凪たちさわぐ

答えるな

答えるな
交叉する
何物をも求めるな
白夜には
誰にも会えはしないから
自由はいつも
いたましい…

*

署名
押印
削除
署名
押印
削除
署名

押印
削除

消耗を遷延し
緩慢な市街は
幾重もの白紙の
頂稜にしずみ…

廃都　3

それ自体の重みのままにただよい
遠のいてゆく距離の
眩まれた時から通信を途絶え
その紙の川面にふつふつとあわ立つ
喪の影を見ていたのだ

踏み込めばゆらぐ繋舟は朽ち
爾余の視線の収斂を刈る

またしても
規格歩道の群叢を踏み分け
渡河は薄暮の独房に落つ

計測も
改行の
かかる不毛のカーソルを耐え
左端には
変換をとく縦横の街
置き換えてすずしい草原がある

市街地は
みずからのおおきさのうちにとけこんでゆく

それがまた照応の
絶えて久しい上映となる
老いてまた
散り敷く夢の例文となる
誰となく

みだしえぬ予感の日程を繰り
誰となく
ひととき
身をふるわせて、かしぐ

、、、、、、、、、、、、、
おまえたちは語り得ぬわたしたちは誰だ

あまつさえ
昇華される明細は知に瀕している
そして字間にまたたく
影は輪郭を書法に託し
窓外の冬はまたも
かの冬に似て…

双頭の市門をくぐるのだ
だがそこもまた　同じ白夜の
廃都は時の澱に霜立ち
幽愁を経て
結界を解く

血累の
さらなる方へ
ゆらぐタマ川　残像を踏み
たたなづく喪の罫線に満ちる

地平は　ただ
痩せほそる一葉の映像にくずおれ
常の世は
媒体に沈み均らされてある

*

ほこり立ち
白く
波打っている
真昼の
(見るがいい)
重い真昼の水線を
ゆっくりとただよってゆく

あなたの
輪郭が明澄な光を研ぎすまし
依って立つ
一人称を呼び戻す
だから
声でなく
手話で
かたりとられる面影よ
だが相貌は不意に絶え
白く
波打っている
光のカベの
静けさがある

*

見渡せば
誰もいない
近未来

陽だけが空に、射している…

廃都 4

すでにまた、書きつがれつつ
孤立する連帯をともに生きる
よるべない模倣のしぐさ
分岐する曲線にゆらぎ、渇く
寒冷地から馬を追い
経験の
西方へ
かくも未完の野営をかさね
なお伝達にたゆたっている
図上の街に人影は無く
一種住専、
風致地区
詳細を見開いてまた検証の赴くところ
すべてが分明の素図となり
ほの白い「平安」の映像となり
上映の
名と肉にゆれ
客死を孕むそのたびに
たたえられるたえなる夕べ
ひたるではない
黙するものの
最奥の自由が
老いているのだ

とどまるところ幾十年
草乱れ
なお軽装の殯宮《ヒンキュー》にあり
ここに無数の廃屋が建ち
モクレンや月桂樹
人参果なども実るのだ
ときには古い燐もとぶ
ついにいかなる辺境もなく
あらゆる画面に辺境はあり

日々の平和は猖獗をきわめ
カーソルの
往来に
またも不能の回線は癒え…

光の繭がしぼられる
その明るさの潮満ちる頃
既視の自明をたどりつつ
衆生は
人知れぬ身を左端にひそめ
真昼の都市は
ただ
平原に似る…

（『廃都』一九八九年書肆山田刊）

詩集〈産土／うぶすな〉全篇

群行

春は喪の
浅い眠りを曳いて
円錐の
少女のように
ゆれる

漂泊もなく
混沌もなく
透きとおった歴史の晩年に生まれ
やわらかい液晶の
草原をかける

ひとすじの淡い流星のまぼろし
いや

細く細く彗星の尾を引き
二進法のあわいをかけぬけてゆく
贖われないひとすじの生の
あれは失われたものたちのまぼろし
見渡せば荒野の
相貌をおびて
ひといきに枯れつくす僕たちの皮下に
うっすらと地を覆い
春の日の幻像がなお
ゆらめいている

単一の時制を春の日に継いで
そこにゆっくりと落ちてゆく
肌寒い落日のひとときを夢見る

均質な意志の地すべりは止まず
勝ち誇る表皮の鏡面に写り
なげやりな群衆のつかのまを生きる
春めいていま

異貌の日々の
組織的な除去の工程の随に
次々と模像のはじまりが綴られ
模像は自らのはじまりを知らず
そして記憶も連想もなく
人々は
ただ
黙する者と
語る者とに割れるのだ

（すべての大地が陥没したあとには、起伏のない平野がどこまでもひろがり、その平原を圧して、春の日はなおうらうらとつづく）

新緑の
光り降る
類的な歩行と
遠く近く流される声は

一定の抑揚を保ち
内側の死となり
一陣の風に崩れ去ったあとには
底知れぬ静謐の街々があらわれ
そこにただ花を結い
喪の影を追う
肉体がある

そらみみにつめを立て
まなざしを剝いて
まあたらしい家並の風下にしずみ
充足を常態として僕たちは今
日に春を継ぎ
ゆっくりと
棒状の生を
生きるのだ

冬至線

耳送りの夜の
銀灰にけぶる多層の川
くちずさむべき口誦もなく
夜々風になり
幽門を吹く

たとえれば些少な肉びらにふるえ
産卵のたびに身を閉じるもの
身を閉じて骨の
空洞を割り
さりさりと夢の
かきがらを嚙む

つかのまの
日の照る夜は渇いている
（かつて
この水を飲み彼岸の

果物をたべた）

真夜中のアニメが
ちらちらと遊弋する
ぼんやりと明るい
西北の空に
ひとすじの青い罫線を入れ
おしなべて風景である僕たちの町の
満たされた不感の
鉱石に落ちる

おお
今日もまた蒼々として
涸れ川をわたる
川の夜は白く
なめされた日々のいくつか
なめらかな叫喚のいくつかが
冷たく光る訂正に消え
すべての市場に盲点は去り

ひとひとり
見えぬ眼下の明るみに散る

日暮れの夢が癒えるのは
復旧可能な混乱の西
澱む大気を発端にして
ひろびろと
片付いてゆくおおぶりな陽や
表皮の薄い肉林の中

真冬の私語の沈黙があり
凍てる器官の音節があり
切り立つ樹皮の草稿があり
だから僕らはぐっしょりと濡れ
任意の法に身を託し
視覚の隅に
鶺鴒を飼う

こうして

水が
空が
四季が
さみしい夜に掬われる
問われれば先へ
のびてゆく解の
変換を二度打ち
万骨は枯れて

羇旅

はりつめた無音の
水底に沈む

(声) だろうか
細く細くざわめいては絶えてゆく
血、
のようなもの

あるいは
それだけで蔽われている
永劫の屍体と
からみ合い
ほつれ合い
この没滅のひとときに沿って
なお、
幾重もの映像が
軽やかに
まわる

「立会川」

川の向こうに
なだらかにつづく
真鍮の山
星晨の速度で
高空をよぎる
銀の

鳥
もはや
誰にも出会うことなく
記憶の外に刻まれ
交差せず
流通する
一切の風景を取り違え
ぼくらは聖夜のそばにいる

その白夜
雑草の中に暮れてゆく膨大な子宮の
自らの糜爛の蔓延の果て
澄明に焼き詰まり崩れゆく艶やかな骨片の
ひとつひとつにも似て今焼き上がる美しい
　風
病棟に
つぎつぎと立ち上がる風神を模して
遠く、
群青の画家もかたむいている

ゆく人よ
（声）もなく
ここに無名の病巣を植え
再生もなく
誕生もなく
「死よりも深く傷ついている」

ゆく人よ
わきあがり
わきかえる
真闇の底の光りのように
今生は
呼気もまだらに
浅い眠りも
あれば静かな
旅立ちである

懐郷

たとえれば痴呆に
ぬれてゆく庭の
立ち木より柔らかい
花籠のなかに
柔弱な薔薇の薄墨をはき
一陣の風を
一筆で描く

彼方より
樟気あり
途絶して久しい
薄明のみずうみ
碧色の波間に
ささやかにさしてくる
表層の日差しに
照らされるものは
戦慄を欠いて

青ざめた瓜か
水面に浮かぶ瓜面の死者も
信じれば竜となり
天上に登る

樺
いちい
にれ
まびさし
生き暮れて佇む
者たちのように
長い長い尾を引き
想像の貘は
置換されるみずうみの
瀬を走り
また、声となり
映像となり
日だまりに消える

旧弊を墨守せよ
断簡をつらね
語り出すものと
描写するものが
つぎつぎと断たれ散ってゆく地理の
陰惨な実景を
呑み込んで語れ
懐郷への信憑を逆さから刻み
忘失と別離の累積を越えて
つぎつぎと帰還する亡霊たちのように
恋人よ
真筆の比翼を
はばたかせ
飛ぶのだ

だが
一陣の風に万感をのせて
老いのない老後を生き延びてゆく
おびただしい一連のイメージと化して

僕たちはなだらかにひく潮にかえる

虫の声はなおキチキチと鳴き
生地の
白夜にも息づまる
実景は滅び
産卵と分娩を繰り返す夜へ
白描のみずうみを
迷妄にゆだね

祓川

あらゆる異同の廃滅
霧深く
けむる机上の山脈を越え
閑として
淡い真昼の
ただなかにある

一篇の
歴史のようにたどるのだ
この地上から
目につけば過剰な二進法の葦の
群棲をかきわけ
文字列がきしみ
いくつかは滞る意味と無意味の
仮寝のなかに没すだろう
それもよい
亡骸となって
今日こそは
今日こそは、と
来ない日を数え
ついに可能な暦を知らず
ただ映像の露となり
夢となり
晴れわたる地図の
記号から記号へ
文字の腐海を渡ってゆく

眠るがいい
訪れを待って
千年の眠りの彼方から湧きだし
どんな猶予の遷延もなく
広がってゆく
規矩の地方に病む人は過ぎ
ああ　僕たちの
行く末にはなおも
真昼の川の残像があり
そのたゆたいに抜き手を切って
灰の砂漠を渡るのだ

何も滅びはしない
僕たちはひとりで
言葉とものの間をあるく
血の気のひいた天蓋に沿って
はりついたまま飛ぶ鳥は墜ち

触れるたびに大きく
膨らんでゆく
いくぶんの湿気と
やさしい夜の光を帯びた
オリジナルは知らず
ただ踏み越えて行く
扁平な語りの
地のけものたち

箱状の境界に山川を繕い
つぎつぎと映像に映像をかさね
オリジナルは知らず
ただ踏み越えて行く
既知の景色の増殖があり
文節の
微分は止まず
今
速度を増して

流れる時の
なかに故郷を
思うのだ

諒闇

静かにゆれる諒闇をついて
どんな未生が結ばれるのか
澄明な喪の光景を経て
幾重もの遷都がついえ去り
ここにいかなる擾乱もなく
静謐の
中に沈める
王朝はある

遠望せよ
地図上に揃い
四禽、図に叶う風光の土地

三山を鎮めて
整序される法の
葬列をわたり
また
視野を漉く

透明な
凪
微動だにしない
清澄な大気の
奥行きに極まり
ただ
故もなく水線を引いて
旅立ってゆく
ものたちの散華

喧噪は廃され
類型と化して
どこにでも立ち枯れる縦列の都市の

目の中にうすまってゆく剝き出しの夢
すでに見たものの堆積となり
外気に接すれば閉じてゆく円蓋に吊られ
既視の幕間に立ち消えてゆく

ああ
おびただしい村落の落魄に身を寄せ
遠望する位置もまた相同の廃都
目的を常に終焉において
持続する視野の澄み渡る頃
遠く
タマ川／アラ川を越え
図上の川のまぼろしが立つ
せめぎあうまとまりに裂開を走らせ
非合理と合理の欠如から先へ
いまわしい自らの似姿をさらし
語るたびに潰えては膿ながす地理の
同じ痛みを耐えるのだ

日継ぎの御子を内側に抱き
真昼の机上に鎮まっている
矩形の町にかげろうを立て
いっせいに
旅立って行く船団によせ
精霊の野はかく明かされる

読み捨ての
まほろば
すでにこもりの
映像はなく
ただひとひらの
領域が
立つ

火葬丘

おそらくはその真紅の穴から
あらゆる排除は生まれ
片肺の鳥やいざりの猫が
暦日の小闇にふり向いている
消滅した種族にかぎりなく近く
ひからびた都市を永劫に拒み
やがて空欄の真昼から
仮死のまま帰還する

浅くねむれ
オキの夏
打ち寄せては絶えてゆく
驟雨の先に背をぬらし
人は吐く息のように
星座の端につらなっている
遠近の彼方
細くかすんで
身をかくす
法
その雲間から夷守は行方を知れず

積年の忿怒へ菊帝は燃え
真闇の森に煌々と照る

水はしる海峡の
距離を越えなだれくる熱い鼓膜のデブリ
想像は絶えいっせいにあふれだす
二進法の葦の
音声を介し
格子からの追放はめぐる季の
変異からしみだして空文の空虚へ
なけなしの自由を解き放っては絶える
遠望の法規を正確に遵守し
そろそろとはいまわる詳細な諸島の
水底へ　水底へ
屍骸のように巣喰うのだ

とりとめもなく蒼々として
この視界のはてまでも青く波立ち
時として異同のあれさわぐさなか

捕捉する手管の埒外にある

ああ
暗黒がくまなく
輝く夜は
どんな机上の吃水もなく
岬の肩から運ばれてくる
魑魅魍魎が美しい

明日には
明日という名の灰になり
永劫に寂しく座についている
あらゆる闇に菊帝は燃え
遺灰のままに
天の下
しろしめす

やがて
壊疽の時

見渡せば
まるい島嶼にいさり火が立ち
実写の海は
空欄に消え

触穢

イフヤの坂をくだる
たたなずく真闇の
さなかからわいてくる
茫々のまぼろし
風さえも萎えて
洗われる都市は
しらじらと地理の光明にしずむ
起伏のない記憶が
ゆるやかに浸潤する
姿なき

都市の蔓延
前方にただ広がってゆく
新鮮な平原に今、町の灯は点々として
仕込まれた
結末へ
境の川に塵芥を積む

（この海洋の埋まるまで
架空の川を流すのだ）

おおきなクレーンが空の
高いところをゆっくりとうごいてゆく
明滅する赤い光
セラミック山河
縊死体を兼ね吊り手が
膨大な河口を連綿と摘み
草木の皮膚はたちまちに切れ
カミソリめいた
静謐の中

局所的流通に身をまかせ
法の下に平等にねむる
清潔な市民の類型を模して
おびただしい村落に零落は継がれ
人々は無数の薄片となって
立ち枯れた都市のそこここに降る

追討せよ
この露地に
彼岸の危地を選ぶもの
名を擦れた神叢に幾度も呟き
開かれた視線の虹色の渚に
柊の葉を燃やし
今生を祓う

だが奥行きも人影も絶え
無数の
すでにはじまりつつある

偽の捕縛
応答の距離に火の種をまき
明るさを増して吹く波は寄せ
追われるものは重い悪夢の映像に憑き
入水の作法で歩をつめてゆく

切り貼りの領土に
欄外はなく
密室の追捕使は自らの机上に
幾度も斬首の
身振りばかりを投げかけている
やわらかい日々の
モニターを継いで
どこまでもひろがる満天の星
艶やかな湖畔の
道行きの果てに

先行する映像に追いつき
追い越してゆく

おびただしい追捕使たちの群像がはじけ
やがて
空欄を不死の分身として
倒れてはよみがえる仮構の都市の
あらゆる夜を結ぶのだ

まつろわぬ
ものどもの山河を
永劫にぬすみ
漆黒の血をふらす
その真闇から
急速に開かれてゆく30ｍ道路を
桃の果実を投げながら駆け抜けてゆく
だが背後には追う者もなく
振り向けば
しらじらとかがやく広大な紙片の
彼方には
架空の死者を純白に染め
模造の月が
冴えるのだ

御井

どのような出来事も顚末として描かれ
誰がまた映像の
いわれさえも知らず
片割れの野山に踏み込んで行くのか
遠巻きの
群衆に
いつまでも同じ黎明はあり
虹色の日没もまた
永遠につづく

高層階のまばゆい
霧中にある
つぎつぎとまいあがりおちてゆく
冥い鳥のまぼろし

塊を成して時には
激しく流れ
また、とどこおる霧の
横ざまに現れる双頭のビル
昼を昼とし
夜を夜とし
世界を世界たらしめる
一切の記述も両棲の法則に
沿うように高速で階上にのぼり
見下せばそこここに臨終の花
無数のビルが立ち上がる

日付から閉じて
目に見えるものへ
身を踊らせて
完成を祝い
祝いながら滅びる
名はないがさざめいている
おびただしいノイズに一線を画し

今日も自明の弁別をかけ
人の世のどこか
まだ痛い表皮の交換を望む

凮のうごき
地の息
断ち切られて薄く
のばされた空
欠けた路面のひだまりに
透明な血がゆっくりとおち
微凮にゆれ
順光は
等しく僕らの上に
降り
こうして
仮死の日付に
花々は散り
沈む
明けの地上は美しい

定められた方位の
弾道をそれて
あかあかと光る西北の山
このビルの高みに
鳥たちは醒め
澄んでゆくガラスの側壁に透けて
見よ
平坦な地上に蝟集する耳朶
どこまでも明るい肌色の皮膚に
ひととき
重ねれば重なる
想像の街の
無数の視野が
翻る

忌庭

声は止み
夜が静かに波打っている
匂い、
匂うだろうか
いましがた　鎮めた河の
ひいらぎを焚く場所までもどり
よどみの中に打ち伏せる

トーキョーへ
永劫の羇旅はとめどなく降り
こうして
かねてより明澄な文脈に沿って
いくつもの光景が産道をながれ
時として
屍の
淡い未生の
群落を

打つ
ああ
ほのかな
水
の
ゆれ
波はまた　ゆるぎない
水線に寄せて
あらゆる位置に確かめられる

どこまでも架空だ
この方位には
新鮮な墓地の落日があり
日の落ちる向こう
幾度も均され
明るみに花ひらく
埋葬の
醒めた速度が語られている

カラカラと乾き
市街の
あらゆる淵と情交し
睡眠へ
つかの間の死を騙る
サブウェイ
名を伏せて地上の凹凸をかわし
均一の光景へ自らをかりたてる
どこまでも明るく
明澄な闇を
一枚の地図としては
虹をかけ
ギンザ
キョーバシ
ニホンバシ
と
巽の方へ加速する

恢復と対の惨劇を閉じて
振り出しのみずうみへ
階梯をおりよ
どこからか流れくる
地霊の塔の喧噪も冷め
光景は
明けの机上にしりぞいてゆく

トーキョーよ
今もなお年老いて厚塗りの壁を
天空にたてて
空白にしずめ
訪れの絶えたアラ川の岸辺
それはただ静謐の庭に
痕跡の翼となって
飛び立ってゆく
一対の
旅人たちの命名の汀

今
あらゆる夜は
蒼空に褪め
清浄な庭に
叫喚もなく
身は焚かれ
それから
丘の背へ
夢の跡をめざめてゆく

凪

あなたでもなく
わたしでもなく
われわれがたたずんで
消えてゆく手前に
うつくしい野山の陰翳を曳いて
遠浅の空が

たゆたっている
光
闇
光
その先の海へ
溶け込んでしまうにはあまりにも冥く
見る者の眼底をやわらかく浸し
また横切っては距離を増す
空白と空白の間
遠く
佇立するビルの輪郭を描く

谷間には幻影のビル風が吹いて
ふつふつと沸き立つ垂直の声の
高低が立ちすくむ人々の上に
春の日のパノラマを粉々に砕き
渦まいて降らせ
システムの方へ

夥しい名とともに
整序しては
消える

停滞の一閃を知るのだ
無季の季に鮮烈な分節を図り
身も皮も痩せ細る村落の向こうに
削られた山々
埋められた河川
透明な地誌の春秋を選び
風薫る風景を次々と立ち上げ
隅々まで既知の
揺籃に至る

光の
闇の
海
そのイマージュの中に分け入って行く
葦舟を浮かべ

かりそめの肉
かりそめの血へと
仰角を測り
かりそめに死んでゆく者たちを
悼む

打ち続く茅原のなだらかなカーブ
つま先の硬い身ぐるみを剝いで
晒される頭部が見ることは可能か
審判の日の想像に沿って
肉色の鳥が
天上を翔る

雄株ばかりの並木
広々として視野を透く
尖端の道を
はじまりの法の垂線に沿って
語りつつ
ゆくのだ

うららかな春の日に晒されている
再生と言えば再生の
枯れ果てた春
何もかも失えば
はじまりの法と
はじまりの言葉の
補塡また補塡
いじましい持続の
窓という窓
厖大な時間を後ろからたどり
投影に入れ替えて底抜けの青空
底抜けの真昼の信憑に生きる

上映にはじまり
自らの発光に終わる
閉塞に充たされて
安逸に細り
この地理もまた

偏平な記憶の
拡散と転記へ
続くのだ

灰市

しかも今
終わりから死者たちの生誕を祝い
継起する風景の
葬送を終える

連光寺平
称名もなく
一面の欠如と
豊饒にかられ
踏み迷う索引は一斉に波立ち
遠い空
遠い海

白亜の街を
統べるのだ

自らの覚醒を
常態として
人々は永久に陰影を去り
平安と静謐の遷延をかけて
次々と臨界の名称を渡る

LANDSCAPE

作られた罠
あるいは自らを組み立ててゆく
分節と統辞の果てしない距離を
いっせいに駆け抜け
なお加速から加速へ
架空の作業に身を委ね
気がつけば自らの映像を欠いて
尨大な
記憶の宙に

浮いている
（多摩丘陵
　緑なす山々
　清冽な渓谷の削平の持続）

その時だ
われわれの明澄な視野に
先端を丸くして流れ込む闇
危うげな流体の不透明な外貌へ
身を反らせ
繰り返される命名の身振り
聖が丘
豊が丘
ヒジリガオカ
トヨガオカ
引用とイメージの両端に渇き
増殖する同笵の地名にゆられ
そうしてなごむ風の間に間に
偏平な
記憶の瑕疵を
まさぐっている

だが
遠近にかげり
収斂の神話
単一な価値の神話にもやぶれ
敗亡の沼沢地を不死の魚類となって
目的の持続に苛まれるものは
金色の鱗をきらめかせ
平坦な地となり
森となり
やがて虚空の楽園となり
山水の
中に静かに閉ざされてゆく

だが深さではない
一面の欠如と

豊饒の都市の
薄片をしいて
陽にすべる翳
洞察を欠いて鳥たちは今
その咽頭に先細り先細り
ついには
鳴き声を譜に貼りつけたまま
真昼の瑣事に片付いている

都市よ
都市よ
自らは傷つかぬ内心の距離に
鐶をかけて遠大な川を引き
竹林をおき
俯瞰する地点から名指されている
一対のやさしいまなざしとなって
ニュータウン大通り
欠けてゆく青空
奥行きはやさしく
なおもまた
持続へと
透視図法で語るのだ

連光寺平
称名もなく
通りから隔てられ
腐敗する丘
腐敗する谷
単眼の巨人の視線から生まれ
今日もまた回想の末
隔離され
語られる
遠い自由はからまわり
その位置になお
確かな死者の葬送を見て
目はゆらぎ
谷間の闇に眠る言葉の
ひそかな灰を選ぶのだ

骨山

銀色の夜
限られた地理は
水線の向こうへ
穏やかにしずみ
冴え渡る街路には塵ひとつ無く
万象のささやきが静謐に満ちる

今
オフィス街に人影は絶え
透き通った冷気が
街並みを浸し
誰を待っているのか
音声を欠いた
モニターに無数の色彩が踊る

木に爪を立て
水蜜を得た日

鳥占の夕映えを風上に養い
明暗を分ける丘陵の狭間に
剝き出しの頭部がひしめいている
なけなしの記憶は眩むように
今はただ荒れはてた
脳床に降り
釘色の声がひとときは燃え
この豊饒を耐えるのだ

見えるものを見よ
終末に歌い
寒冷な野山に自らの背丈をあわせ
日月の予測に身体を賭ける
身をかしげれば伝わってくる
どんな地上の憂愁もなく
春の午睡の花のめざめの
ように地球は暮れるのか

ふりしきるひかり

朱に染まる穴
不意を打つ哄笑と
吊るされた無明の
秘部に触れ
あつくかわいてゆく
そのような愛撫の稜線をわたり
風紋が綾なす純白の恥丘を
男たちはひとり
塔のように歩く

地形の肉がずれるのだ
ゆっくりと語彙にかたむいてゆく
どこよりも心地よい
抽象の山河
白紙の風をわたる余韻は
ひとまずは知の空洞を耐え
まなざしに吹き
耳もとに吹き

こうして
わたしたちは手を折り
ゆっくりと可感の
骨山に入る

（『産土／うぶすな』一九九四年思潮社刊）

流記

言葉は異郷に入る
やさしく
かそけき
ものたちの肉体
境界をあいまいにして
ひろがってゆく
しみのある白い皮膚
肉、
すの入った骨
宿るものなどない
フィジカルな体軀に
寄せるものも
滅びるものも
おしなべて明るい眺望にある

晴天
恐るべき平穏
凪の海にしみわたってゆく
まひるの
ゆるいゆるいひかり

日の神ながく統をつたえる国に
だが日の神は久しく隠れ
呼ぶ声もなく
渇かない
ものたちは今日も
ＪＲ京都駅、長大なエスカレーターに列を成してのぼり
常世へ
東海へ
打ちひしがれて架空の
船団を組む

繰り返される

船出、
そのシミュレーション

日の神の裔、大王《おおきみ》の
みことかしこみ一枝の
果実を求め渡るもの
時には粗暴な皇子でもあり
祓い遣られる神霊であり
また時にはそのはるかに裔の
黒衣の武将僧形の史家、
密偵まがいの宗匠であり
さらには狂気の詩人でもある
ぼくたちがぼくが
今、目の当たりにする東国の山野を
行く者は、皆
自らの軀を見ることができない

通交は激しく渇き
万象は色めく

とはいえ
通交も万象も液晶の
たゆたいの中にこそ
躍動し
脈打っていて
記される語彙の
説きつづける言葉の
切っ尖はただ無人の
荒野丘陵を駆けめぐる

そのとき
重なってくる映像のように
杖を突き命名するものたちの肉体、
未来からは名指されぬものたちの声に
充たされた肉体でこの地上を
充たせ
来るべき一切の完了に向けて
未完の肉を正視せよ
大きな影がゆっくりと

今生の意識野をスキャンしてゆく
永遠
その正午、
背後には
ただ均されて
天の下
押し開かれる
広き
広庭

流記

すでにして三人
でもあったぼくの
水の中の陪塚は
すずしげにけぶる
雨あがりの

濃密な大気
窓いっぱいにひろがっている
うるんだ紫色の風景を追って
静謐な
水面に
しだいに波立ってゆく時制
近畿日本鉄道橿原線
西大寺、尼ヶ辻
深紅の特急はタイフォンをならし
此岸から彼岸へ
虹をかけてわたる

そしてぼくらは官道を下り
この松が枝を結ぶだろう
血のなかに
刷り込まれている漂泊の
DNAを読み解けば
ひるがえる語調の根にとどくあたり
読みやすさにひかれて

森羅万象を誤読する
昨日のつま先の吐き気
それがすべてのはじまり
影という影が光源のない明るさに消え
今、抗すべき何ものもなく
厖大な真綿の
中をひとりで泳いでいる
泳ぎながら
締まっている

特急の
青いシートに沈む
さざなみが立ち
はこばれてゆく白い
海の形代
海彼の時差につぎつぎと
夥しい古語の残骸をこそ埋《うず》めれば
語をかえて
離陸する

帰還なき滑走にさえ内密の
言葉やさしき契約があり
色あざやかな形式があり、
形式と語りのはざま
零れ落つ
美貌の首が締まるのだ

近畿日本鉄道宇治山田駅
駅頭の灰色の交差点に立って
ぼくは今
常世から
敷波寄せる海原を見る

流記

一条、戻り橋
清明に映える
地にしまり

背に吹く
風

それから
干上がってゆく暦日を追い
のびてゆくのは白日の道
空を切り、立ち上がるまっしろなビル
地下深くはしる電車の轟音に耐え
先をゆく映像に日々追いすがって生きる

本願寺裏に打ち続く築地
その向こうにわだかまっている騎馬武者たちの気配
槐木の葉むらにゆれて
涸れ果てた川を
橋の記号でおもむろに渡る
はや微かなその痕跡をたどって
晩夏の
朱雀大路をゆるゆると下る

交番を左折
それから
目の高さに暮れる一日、
見慣れた群衆と交差点に交わり
四条河原町
阪急デパートの角をまがる

不意にひろがる大海原
敷浪寄せる海坂に立ち
架空の鹹湖や未知の入り江を
榊を立てて押し渡る
彼岸には
ただおびただしい橘の花
茨に触れて死んだ佐伯の
眼窩に開く想像の花

それから浦賀水道をカーフェリーで渡る。
ぼくたちはただ犬を眠らせ
二人称はすでに絶滅

ただ行間を流れゆく櫛
海面に
幾重にも重ねられた敷物の上に
覚醒をかけて奪われたものの
その形代を兵《つわもの》として、

葦の浦から玉の浦
みちのくの
多珂の湊に至りつき
だが大王の命畏《みことかしこ》み誰を討伐せよと言うのか
名を欠いて
抽象的な人々を追い
ぼくらの
視野にははや追われるものも追うものもなく
ただ水を掘り
命名し
　無数の記憶を播種する

つまりぼくらはただ一本の
境界をこそ切り開き
最奥へ最奥へ
時には蝦夷、隼人とも呼ばれ
狗吠えし、そして眠り　眠らせ
またそれらを追うものとして
　この幾重もの燎原にある

たえまなく伝説をまとい
伝説をつむぐ
日高見の国
常世の国
分け入れば遠ざかる
新月の夜に身を翻し
ぼくらは銀色の犬へと戻る
(あの若い女の腕の味)
瞬く間、
取り返すすべもなくこの荒廃に立ち、
駆け抜ければついには干上がってゆく街並の
ただなかになお加速する

何に向かってか加速する脚に
ぼくらは懐かしい足裏の感触を託し
コンクリートをふんで
アスファルトをふんで
日と月の
交わる川を蒼瑯と渡る

四条河原町
夏の夜の果てしない
持続
言葉が
凪いで久しい豊葦原に
無明の歩行を自らに強い
見えない檻はただ見えないままに
遠い日の
未知の未来を贖えば
一瞬
一条の水路が東方に開き
そここに

非在の都市の
光暈がたつ

流記

ゆくものはない
ただ、見るものだけが残る
この
むきだしの視野に立つものは
誰か

地の息があらゆる応答を孕み
輪に刈られた葦原のただ中に開く
眼差しの束に背後から憑かれ
また、行く末にひろがるそれからの自由

ぼくならば手を振り
こうなせばああなると人々には告げ、

だが誰からも告げられることなく
一行の
予祝の遠い肉体に通う

世界は日々にけわしく
交感はかりそめの流通に代わり
東海に
立つものは

「蓬莱」

ではない。
背の高いコンビナート
工場に港湾
そして
隠されてゆくいくつもの河川の
痕跡にひとひらの未来さえも萎えて
ぼくは今
日高見の国

霞降る　香島の岸にたたずんでいる

常世へ
常世まで
一房の果実に封入された時を求めて
大王の命《みこと》畏《かしこ》み未知の内部へ海坂を越え
ぼくはなおも無いものを追い
眠り
語り
走り
そして
渇き、

長いピッチで沈んでゆく
ぼくたちだけの肉体の
可感の汀に今、佇んでいる

ゆくものと
ゆくものの伝承は確実に滅び

来るものの記憶ばかりがざわめいている
豊葦原瑞穂の国（とよあしはらみずほのくに）
六十五烟（むそじあまりいつつ）の遊撃にかえて
呼びかければ遠ざかってゆく
名とともにあり
強要される比喩の
明るみに向けて
なお放たれるぼくたちは死者

帰還してももはや
復命はかなわず
目的を欠いて
今、花ひらく
非時の花
非時《ときじく》の香実《かぐのこのみ》
その汁の
したたれば蛇行して川となり
大海となり、
一切の日付を踏みこえてゆく

十干十二支の循環の中に
立つものはつぎつぎと命名に憑かれ、

名を帯びて
うすれゆく
頬骨が張り色白で、眉毛の薄い顔貌に代え、
想像の身体は
液晶にひらく

流記

金の釘
白い柩の重さ
叩かれたカラの奥つ城はゆれ
木霊する弔鐘は天蓋に響く
下総の国夷隅郡内裏塚
打ち捨てられた皇女の伝承によせて

つぎつぎと生えてくる
石棺のように
内側に転じれば内側に憑き
外側に転じれば外側に憑く
「空間の
　あるいは時間の」
一面の漂流に生い茂るものへ

見るものは見えず
仮の方位に烽火野は燃え
広大な空欄へ
またひとつぼくらは
信号を送る
ここからは予兆ばかりの日月を生き
成就しない明日の累積を歩む

（何処かへ、何時へ、
　未だ成らざる事後の未来へ

ぼくらは
本当に咲く非時の花
本当に香る非時の香実を求めて
硬直した万緑を
世紀から世紀へ
わたってゆく万羽の白鳥となる
三重
能煩野
（亦其地よりさらに翔りて
可及的陵墓の玄室を開き
上下四囲
その反転は星宿と四神を図に叶わせるべく風、光を整え
全面を覆い
研ぎ澄まされた雑言の
あらゆる悪意を身に受ける
つまり白夜の打ちつづく日々を
一切の別名にかけて
死者たちは生きよ
ＯＵＳＵとも呼ばれ

ＴＡＪＩＭＡ－ＭＯＲＩとも名乗り
じゅんさんさまとも唱えられる
汀線に立つものの一切の名を
死者たちは生きよ

灰色の時間を取り巻く灰色の空を
映し出す壁の灰色の襞
今生の襞にもぐり込んでゆく
虱のような
「永遠」

そのようなカラの玄室を生き
そのような玄室の反転を生き
そのような穴へ

いや、穴からこそ広がるぼくたちの時空
そのような穴へ
還りながら生まれてもゆく
ぼくたちはなおも犬を眠らせ

輝ける未来の
息の根を
とめる

流記

やわらかい姉の下で
しだいに窒息してゆく息の音《ね》を聞く
それから　ごぼごぼと血がぬけてゆき
急速にひろがる
蒼白の
空

積雲の縁が幾重にもかがやき
誰もが言葉をもてあまし
ものをへだてて万象を見れば
さばえなす
やさしい影も息づいている

不意に漏れてくる光芒のように
つぎつぎと忘れ去る何ものかを語り
語ろうとするところに現れる
時の流れは日々とどこおる

ほつれた記憶の残闕を拾い
「病棟」へ
螺旋状に沈み込む　だが、
またしてもこの地この時
撓めては放たれる
物静かな怒りも内圧を高め
飽和する
全的な笑いも名に追われ
名に没し、

そして広がる広大な視野
目をとどむべき
山川、そして草木。

互い違いに連なってゆく
山の阿《くま》、海の曲《くま》。

霧を充たして渓谷は深く
雲をいただく山巓は高く
作ればあとは望見し
名付ける神の到来を待つ

見はるかす
地平の彼方
矛もなく
兵《つわもの》もなく
ただ横切ってゆく
王の王、諸王の王、
繊細な伝承の琴線がふるえ
草原を青波となり吹きわたってゆく
発火、
言葉で
四方の炎をなぎ払い

視界の距離を裂開する
やまとたけるのすめらみこと、と名指されるものに討つ
　べき何ものもなく
「すでに軍《いくさ》もたまわらず」
道の前《さき》、道の奥、その奥へ
日々茂みへと分け入って行く

（日常について語ろうとすれば散文的な空
欄ばかりがふつふつと泡立ち、日々反復
は好ましく、幸福、と思い込むには漠と
してただとりとめもなく、だが時制はつ
いにゆるぎない）

地平に声をきらめかせ
反復される苛立ちの所作
あるいは古い激昂の所作を
ゆっくりと
地にのばし
押しひろげ

ぼくたちはぼくたちで
かねてより多数の
生殖をまたない増殖にある
待つものと待たれるもの
名付ける者は一体にして
その落果には発生もなく
また、地へかえるべく浸潤もなく
棒のように硬直し
ただ突き刺さってゆく歳月となり

澄明な
真昼の迂路に身を委ね
真綿に姉のぬくもりを知る
ついには締まるぼくたちの首
身の内の
遠いところから流れ来る
ながいながい吐瀉物の音
そのにおい
ゆっくりとゆすられ

反復に酔い
日々の無音に自らをとどめ
この空に
あおあおとしてなお冷涼な
万緑の映像を立ち上げて、見よ

流記

静かに呼吸がとまり
長い無音がひろがってゆく
遠く
声を切り
身を裂いて
青い架空の連山が冴え
かげる斜陽に立つものは
今、
あらゆる時制に身をひらき
送る光の抽象となる

それからぼくらはきざはしを降り
平底の夢を後背に焚き
先行し
遠ざかってゆく塵、芥
灰の背中をながめている
（それは流れる液晶の
　　　　　　　　　　海

その汀線に膝をつき
琴かき鳴らし名を呼ばい
招ぎよせた死と越境の
薄い皮膜を渡るのだ

来迎の
衆生のように山塊をわけ
喪の装いを見下ろしている
大きな鬼のまなざしで見る
その鬼の目をいくたびも抜け

ぼくらはぼくらの分身である
産み月の
妊婦の腹に憑依する

鎮めよ
鎮めよ
石を抱き
石女の
イメージによって繰り延べる
のろい動作で肋骨を折り
架空の妃を産出し
痩せ細って空しい国を
ぼくらの島に寄せるのだ

そう、帰還ではない
この国では誰も旅立たず
ただ、いつも誰かがやって来る
そのかみの
彼の国では木羅氏

その後はS氏の氏姓を名乗り
今はT氏を名乗っている
百万氏族の祖なるもの
ぼくもまた到来し
到来し続けるものたちの一人

(ただ、その起源ばかりが怖いので
ぼくはぼくへと祓われる

旅立つでもなく
到来するでもなく
ただそこにありつづけるものの
ひそやかな笑いが漏れてくる

西の方
崇るところの神々を知り
財の国を求めんとすれば
あらゆる声が間引きされ
誰も彼もが縁つづきの

限りない
反復にこそ渇くのだ

迷うことはできない
忘却もまた距離であり
しかもその永劫の廃棄
永劫の破却
かくして
三百六十余歳の耐久するセル
つまりただ見つづけるためのまなざしとなって
ぼくは今日も常陸の国
久慈理の里の山川草木に身を隠し
靴ふたつ
時間の背理に憩うのだ

流記

そして想像をうすめ
実践をひろう
削除からはじめて
どこへゆくのか
明滅する液晶に魂の
陰影を加え
それから
光かがやく区域へと入る

ふた株の
歳経て古い松の木のもと
日を重ね
月をかさねて
歌垣の
きらきら光る思い出を翔け、
囲われた時間の清浄な部分
思い出という思い出を焦燥にかえて

繰り返し船出したものたちのために
ぼくたちは、いまひとたび
黎明を告げる

だが告げられるものたちは
今、万緑のなかに
角のような耳を閉じ
断ち割られ月をたたえる岩の鏡へ
ただわらわらと
消え去ってゆく

だから何も残らない
鏡ばかりが暦日を越え
その向こうから吹いてくる
常世の微風もついに途絶
野を均し
山を切り
ぼくたちはうすまった街並を作り
たましいはたましいを知らず

肉体は肉体を知らず
肉体は肉体のイメージに憑かれ、

その都市はいまだに全貌を知らず
月みちて架空の分娩に至る

そして産み
散らされてゆくそっくりな村落

常陸の国久慈郡倭文《しず》郷
ゆるやかな円錐に降りてくる晴天
神聖な婚姻もことごとく絶えて
聖所にひらく薔薇窓のような
清潔な公園に累々と
神々の死骸が
散らばっている

流記

ふるえる二重のラセン
ついに
触れることなき肉体の
映像から遠のいてゆく
ぼくたちの日々

呼びかけるべきものの空位を
自らの語彙の散乱で埋めて
なお自らは距離の
大海をわたる

暴風雨、
そして
均衡、
凪の海に難破する
おびただしい架空の船影を分け
到達する東方の日高見の岸辺、
産鉄の浜に〈世界〉の
尖端を晒す

研ぎ出されるのはくろぐろとした定型の暮らし

日々擦り減ってゆく靴底のような
ぼくたちの暮らしを遡ってゆく
内側で閉じてそのかみの方へ
高天原団地の東方の高みへ
杖を立て
歩をすすめ
原初の
つややかな大気の明るみに入る

遠く
鹿島大洗鉄道の長く引く警笛
それから
征討とは名ばかりの巡遊に明け暮れ
しだいに習合していった伝承の人々

伝承の神々
その全的な歴史
描写される人影に姓を分け名をふり子どもたちを成さしめ
あまたの子々孫々を立ち上げる

作られた二重の
ラセンから写され
筆録に差し出されるつくられた未来
つくられた子孫の影充ちる国
霰降る鹿島、那珂、日高見の国に
今、上陸し新たな
歴史へと歩み入る
准三后、源朝臣
はるばるとひろがる純白の荒野だ
その足跡はたちまちにして白刃となり
みずからの言葉で〈世界〉を
ことごとく
穿つ

流記

つぎつぎと流れ、ゆらめいている一連のセル
見ることで贖われる永遠の生の
オリジンは知らず
世界は
なお、やわらかい光の
ただ中にある

常陸国筑波郡
小田城にあり
日々北方に筑波嶺を望む
壮大な天蓋に星辰は充ちて
肥大する気宇
その気宇にもまして肥大する自らの宇宙を
掌中にして
四海掌領を想う
あるいは
城館の長い庇に仰いで

吉野へ、そして都へ
かの、天の安河を船団で上る

奮い立つか歴史
匂い立つか、歴史、
順逆の法の内側に呼び出し
束ねられた時空の
僅少なゆがみもゆるすことなく
整序された言葉にただ熱い魂魄をのせて
今、きわまってゆく自らの消息
自らの息の根をともに一書へと綴り
すでにはかない交信に託す
その果てに
一切は不通のまま
今はもうゆきつけないものたちの手蹟に
いっさんにかえってゆく光陰がある
見よ
変わりえぬもの
新治、筑波をすぎて

潮満ちてくる外波逆浦
時は未だに。
擾乱は止まず。
だが今はすべて井の中の擾乱
いや、液晶に泳ぐ美しいエピソードとなって

（駅頭に別れ——
（父親に抗い——
（置き文に憑かれ——
（彼らの
赴く先はいつも死地とは

かくして際立つ死地の蔓延
死地のイメージにかげる地勢を
未来からたどってくるものたちのために
ぼくたちはいまぼくたちのセルを
ぼくたちの未来へ
ゆっくりとかえす

流記

破裂する
音声の熱
限りを尽くして
地を逆立てる
ふりむくな
流出する語彙の
あるいは迷彩に遺失する声の
接触は滅び
鳥瞰が冴える

決定的な不能を内蔵し
打ち捨てられた政府に
金襴の玉垣を幾重にもめぐらせ
遠のいてゆく距離を
世々妄念により埋め立ててゆく
朝敵はことごとく滅ぼされてあり
泰平な四海ははてしなくつづき

玉骨は今も南山に苔むし
魂魄は常に北闕を望む

だが今やどこにも北闕はなく
すでに塵となり
澱となり
散ってゆく倫旨の
破片ばかりが伝わってゆく

その先の白刃の
風にのってひろがってゆく
やわらかい
風聞
聞こえてくる風の
ささやきにかえて
罵詈、
そして雑言
だがあらゆる言葉は既知の形式
辞書上に腐敗する光源であり

照らされたもの皆はただ
時をかけて薄れ
光のなかにこそ
消え去ってゆく

茨城県真壁郡関城町字関館
鬼怒川のひろく浅い流れに
さらされてゆく透明なむくろ
あるいは五感の記憶
手について忘れえぬ硬直も臭気も
合戦も調略も今や
手をのばしても何もない明るみに消えて
人は皆
直面する時間の
イメージばかりを
生きるのだ

流記

その言葉を拾う
割合の空から
ゆっくりと垂れ下がってくる
昨日の夏のフィルム
音もなく燃えだし
スクリーンに白い
光の穴を穿つ

躲すべき軀を自らは持たず
ブーツを脱いだ素足の
噎せるような匂いも
多汗症の背中の
滝のような飛沫も
一切は
コマ撮りの画面の西方へかくれ
冷涼な
型通りの風景が延々とつづく

いつからか心地よいドゥーブルのぼくの
そつのない所作を
遠くから眺めている

食い
飲み
排泄し
そして
眠る
たとえば同じ質量のあなたと
鏡面をへだて交換し交錯し
時には
単性の生殖に身をゆだね
あるいはいくつもの名称に自らを分けて
だがいっさんに帰って行く
ただひとつの現世の肉体の方へ
やがて
自らをとりとめてだが決まらない自らの輪郭
所在ない自らの魂を抱いて

東海へ
常世へ
なお順風の航海に消える

そのときあらわれる一文不通の区域
まっさらな空白を地理上に配し
歪むなら歪むだけの内実を求め
今日もまたこの都市の表層をすべる
一定の気温、一定の湿度に
枯れてゆくものとして
「人生」を語り
すでに枯れたものとして
今生を生きる

質量を欠いた光のみの肉を
持続する映像の間隙に重ね
いつしか、
記名記述の命運に先立つ
時間の

散在と滅失をこそ
語るのだ

流記

さようなら
言葉を
とどけない光よ
明るみにはまり
収められ
萎えてゆく距離の
彼方から寄せてくる敷浪にただよい
肉体は
感官を閉じて透き通ってゆく

東海の
おだやかな難破
恒常的な奇声と
やわらかい奇行に
はずされた箍からひるがえる闇
その闇にこそひらかれる
まなざしの門を
所有することなくなおも
坂東にとどまる
准三后源朝臣
東国の小さな城郭にあって
言葉によって世界の
討滅を目論む

静謐な白紙に自らをひらいて
三度目の冬を酷寒にすごす

だがここは果てしれぬ文盲の区域
記された万言は界域を越えて
今、語る言葉は草原を
ただ風のように吹きすぎてゆく

たたなずく奥鬼怒の山々

たたなずく類型の青垣を望み
擱座する南朝のひたぶるな思い
それから
常磐線にのって
利根川をわたり
水依さす、茨城県を永久に去る

やがて
ふつふつと湧きあがる起源説話を
経て真新しい都市計画街路が
北行し
あるいは西行し
このひたち野を
しらじらと埋める

流記

スーパーひたちにのって
薄暮の利根川を渡る
背後には日光のうすあおい山々
確然として
輝く筑波
交叉せず
交換しないメッセージを置き去りにして
正当な暦日を
性急に刻む

見上げればデッキの
ドア上のディスプレイを
つぎつぎと流れてゆく箴言のもどき
〈ジェニー・ホルツァー〉との片肺の対話は
風下の方へ
つぎつぎと遺棄され
流れ去り

この平原に五年
合戦と籠城の日月をまたいで

長大な歴史はことごとく掌中にあり
重なってくる時間の
隙間からいくつもの
前未来を語れば
遠く、夷隅の浜に埋もれる皇女
流れ海をわたるおうす
時には橘の木を抜く男たちの姿も見える

ぼくはかつて犬を眠らせ
この海坂を下ってきた
そして今
熱にうかされゆがむ時空に
なお先行する映像を追って
あの海蝕洞窟へと駆け上がる
追いすがる
叫喚
入り乱れる境界の時空
ぼくはスーパーひたちにのって
たそがれの
常磐線を疾駆する
背後へ
かんざしを投げる
桃の実を投げる
冷凍みかんを投げる
うかされる熱に
とけかかる
歴史
やがて
振り向いてももはや
呼ばうべきエウリュディケーを持たず
声かけあうべきイザナミも持たず
すでにして列車は
真空の
東京に入る。

東海道新幹線
下りひかり１２３号新大阪行
乗り継げば西方へ

氷雨ふる吉野へ
復命すべき何ものもなく
夜半には
来るべき記号へと自らを解く

あとがき

「流記」とは、たとえば『法隆寺伽藍縁起 并《ならびに》 流記《るき》資財帳』が時間の流れに沿って、何百年もひたすら書き足されてゆくことによって成立した法隆寺の財産目録であったように、時系列で一切の取捨選択をなしにリアルタイムで書き足されてゆくそれ自体が自律的な時間そのものであるような書物を意味している。それは人間の「生」がそうであるように、本来取捨選択の範疇にないある〈世界〉の全体を呈示する方法として有効なのだ。歴史が、叙述されることによって常に何ものかを切り捨てて来た西洋的近代とは異なる、あるまるごとの「歴史」、あるいはまるごとの「生」こそがそこに立ち現れてくるように思われるのである。

　本書は、そのような西洋的時間意識とは異なる場所で、今日失われてしまって久しいある〈全体〉としての「歴史」を組み立てるべく試みられたひとつの見取り図としての側面をもっている。したがって本書もまた、法隆寺の資財帳と同様にその都度到来した詩篇をリアルタイムにならべてゆくことによって成立しており、それゆえに各詩篇の叙述やイメージ、作中の事実やその時空間の重複は意図的にそのままになっている。

　今後、そのような見取り図の彼方に、さまざまな細部が与えられてゆくことになるだろう。だが、それは必ずしも作品間に共通の主題、共通の方法、さらにはある統一的な〈世界〉の共有を意味するものではない。それが最終的にどのような〈全体〉を呈示しうるか、何によってその〈全体〉が保証されるかについては僕自身、ある見通しは持っているのだが、今は語らないことにしておきたい。むしろ、それをともに希求し、想像し、創造してゆくことが詩を書き、読むことの醍醐味であると、この詩集に触れることによって思っていただけるなら、著者として望外の喜びである。

（『流記』二〇〇二年思潮社刊）

詩集〈真景《イメージ》〉から

帰還

終わりからはじまるものに
精神をゆっくりとたわめ
全感官を研ぎ澄ます
眼下を流れゆく微細なもの
時に死語の残像《イメージ》を追って
映像《イメージ》に追い込まれてゆく
主義者たち
はた、霊的なもの

東京高輪原美術館[*1]の
陽だまりに眠る
猫の額が異様に狭い
読みかけた本の
文字の上に踊る
陽だまりの葉むら
長い長いあいだ
探されている

異形のものは異形に
異形でないものも異形に

はた、「イメージの専制」は
イメージを喰らう
共食いに共食いの果て
最強のイメージを
イメージの中に残す
どこに陽だまりの
猫はいるか

終わるものの専制は終わるものを砕く
東京高輪原美術館の庭から
今、ゆるやかにぶれてゆく[*2]
ゾルゲの顔《イメージ》

ヒトラーの残像《イメージ》
眼鏡だけが残り
見る者だけが消える
見る者が消えて
見たものが残る

かたむいたひかりに照らされる超高層ビルに
ゆっくりとかたむいてつっこんでゆく
映像《イメージ》の旅客機
映像《イメージ》にのめり込んでゆく
風、ひかり、
アメリカ

原美術館が建つ旧出雲国松江藩主松平家下屋敷跡
出土するおびただしいガラスの
破片また破片
巨大なガラスの水槽を作り、はだかの美女たちを泳がせ
　ては涼をとったと伝えられる
かたむいたひかりにキラキラヒカル

そのときの不昧公が美女たちとおりた
どこにでもある坂を
今、どこにでもいる者たちが下りる

高輪プリンスホテル
ＪＲ品川駅
つぶつぶの大地
つぶつぶの
歳月

ここまで書いてきてゲイリー・スナイダーの詩「渓山無儘」が美術館で絵を見て書かれた作品であることに気づく。ぼくは今、原美術館のカフェテリヤに座り、これを書いている。
時の空間を開き
無残なる符合の
果ての果てのことば
に、煮凝ってゆくもの
ひかり、くうき

意味からははじかれ
語るしかない広野に
語るものはいない
と、イメージが語る

精神はすでに門口を出た
精神は今、駅のコンコースにいる
精神は今、疲れたのでエスカレーターにのる
精神は今、たくさんの棘が、たくさんの棘とあるいているのを見る

手探りで暗いところを探す
あまりの明るさに、泣く
泣きながら探す
明るすぎて何も見えない
ひとびとのあいだで

足指にふれるつぶつぶの大地、つぶつぶのおび
杖を立てればそこに

涌くものはあるか

東海道・山陽新幹線が品川にとまる!
短すぎる駅間を光速でかけぬけるひかり
名を呼ばぬ習慣が千年を超えて
抽象のひとびとを通信で結ぶ
陽だまりの猫は
どこにいるか

東海道・山陽新幹線のぞみ一八七号博多行にのって
憑依ではない
ときどきは安倍某
ときどきはアテルイ
ときどきは准后源某にして
またとりあえず架空の皇子
だったりもする
かくして
またその誰でもないことにひと息をついて
乗るつもりのなかった東海道・山陽新幹線

のぞみで
とりあえず
西へ

＊1　所在地は品川区北品川。品川駅高輪口から行くから高輪にあるような気がする。
＊2　米田知子展『終わりは始まり』

帰還

静謐からの帰還
老人はゆっくりと
ローストビーフを食べる
詩人は詩によって癒される（?）
詩は癒されない
パーティーのスイーツをタッパーに詰め込んでいる詩
人がいる。そこにいるのはみんな詩人で、
エレベーターで上下する
人たちも詩人だ

地の塩がすりきりで
あふれ出すぼくら

聞こえても聞こえなくても
声はみんなぼくの声

たくさんの歳月は
すこしずつゆるむ
劣化するものは劣化しない

かえってゆくもののあとを追って
光速で駆け抜けてゆくもの
耳に聞こえず
目に見えず

あたりをあまねく満たしている
騒々しいものあたらしいもの
追うものが持たない帰るべきところ

劣化しないものは劣化する
殺すな
殺せ
百人のダダカンが駆け抜けてゆく
はだかの
太陽の塔
百メートルの銀座
ひんやりと風を切る
百人のはだかとなって
ぼくたちが走る
冬の墓域は空堀めいて奇妙に明るい
誰もぼくたちを知らないぼくたちのイメージを
とりあえず駆け抜ける

都電の目線はファサードの位置
時に目が合う獅子、アカントス
車窓から振り返る高島屋三越
やわらかいものにふれて
いきなり母語を失った少年
少年を失った老人
鼻毛をていねいに抜きながらおおきなおおきなカバが
洗面所の扉をゆっくりとあける

のぞみ、
はあるか

机上を行き来する線分となって久しい
すでに途絶しているものたちをつなぐ
つなごうとして
ことごとく墜ちる（どこへ）

富士山が遠く
青黒い空にくっきりとうかぶ
聞こえてくる自分の声

自分のくしゃみ
自分のいびき
眠るものは誰で
死んでいるのは誰だ

のぞみ

のぞみ、はあるか
精神はどこから
どこへつながる
（この今日はどの昨日につながる？）[*1]
映像の都市が
映像の都市をむさぼる[*2]
スライドを重ね
つくられる時間の
すみずみに満ちてくる
ぼくたちの未来

ナホトカのコンビナートが写る
富山の海
富山市文化国際課長本田信次氏は田野倉を連れて
盆ではない八尾へ
自動車を駆る
彫琢された
越中おわら風の盆
美しい二十世紀の肖像《イメージ》が目覚める
ぼくのものでは常にない時間

　大叔母は高岡一の芸者でした。戦争前の、ＮＨＫ金沢放送局開局記念番組での、収録記念写真があります。ぼくのいもうとぼくの娘にそっくりな、母の父のいもうとです。娘時代の母は口減らしに高岡で一年を過ごしました。ぼくのものでは常にない時間です。

詩人にして富山市文化国際課長本田信次氏は
杉並区文化交流課平和事業担当にして（たぶん詩人の）

田野倉を連れて
高岡の落日をはしる
どこまでもぼくのものではない時間
高岡はいまだ
生身の神の
胎内にある

途絶せず
つながらず

途絶せず
つながらず

＊1　長野まゆみ『新世界』
＊2　長野まゆみ『テレヴィジョン・シティ』

真景図

池大雅の富士から
金有声《キム・ユソン》の富士へ
問いかける言葉はあるものからないものへ
ないものからないものへ
おだやかで無尽の放物線を描く
かつてこの道を大君《タイクーン》の都へ
ぼくは出会い描き旅する使人であった
今は四幅の山水花鳥《イメージ》となって
駿河国清見寺の片隅に眠る
傾いた尖峰は北斎の富士が
応えるがごとく現われるがごとし
霧の中の
清見寺にそっくりな洛山寺の風光《イメージ》
富士山にそっくりな洛山寺後背の尖峰
霧が抱く尖峰に抱かれた洛山寺が抱く
湾入に幾艘もの帆船が浮かぶ

精神はないから
そこに入ってはゆけない

栃木県立美術館平成二十年十二月十四日何の日だっけ
『朝鮮王朝の絵画と日本』展で這うように眺める
そこに入ってはゆけない崇高なひかり
ほのかに縁をかがやかせ少しずつ消え失せ影となって鎮
まる
制光の瀟湘
ひかりの鏡《イメージ》
鏡《イメージ》のひかり
洛山の東海はぼくを
うかべてはくれない
清見寺の海はぼくを
うかべてはくれない
そこにないみずうみはぼくを
うかべてはくれない

ついに江戸へ行けなかった
第十二回朝鮮通信使
ついに東京へ行けなかった
巡回展『朝鮮王朝の絵画と日本』は東京を迂回し
栃木から駿河へ
そしてまた、西へ
准后源某の吉野帰還をこそなぞる

ひととき
名を取り戻す「名」によって知れる
朝鮮の
中国画
官名を問われ
答えなかった崔北《チェブク》
輿の上からあおぐ
匿名の富士は蓬萊に似て

三島

宋淵老師の三島
伴大納言の三島
頼朝の三島
漱石の三島
流人には流人の
それなりの富士があって
三島はついにどこまでも斜面だ
かたむきつづける
かたむいた町
最初からかたむいた町のかたむいた富士《イメージ》に
ゆっくりと突っ込んでいく旅客機のまぼろし《イメージ》

精神はないから
日没に暁に
とりあえず
さがす

ヴァンジ彫刻庭園美術館の美しい庭
そこからは見えない
三島の富士は蓬莱に似る

ハリストス

天かける天使は
その妻に似て
ハリストス日本正教会伝教者にして聖像画師牧島如鳩本
名省三が模写すれば天かける天使はみな
その妻に似て

日本正教会修善寺教会には一対のイコン「祈禱の天使」があり、聖像画師牧島如鳩の手になるものであるが、如鳩自身は修善寺教会に赴任した記録も痕跡もなく、もちろんそのイコンを描いた記録もなく、その粉本がニコライ堂の、関東大震災で失われたネフによる「祈禱の天使」であったことは知れるものの、その来歴も制作時期あるいは修善寺教会に装架された時期も一切が杳として不明であった。しかし平成二十年、田野倉の国立国会図書館における調査により、日本正教会の機関誌「正教時報」昭和四年四月号地方教会消息欄に以下の小文が確認された。

修善寺、三島、柏久保、江間の四教會有志の發企にて三月三日修善寺にて教勢發展の策を講ずる爲め聯合祈禱會を催ふすことを決議したるも、折悪しく管轄司祭中島神父が健康を害せられて御臨會が六ケしいので、静岡教會の笹葉神父に御出張を願ひ、當日午前九時より聖體禮儀を執行し、祈禱の間に神父の説教あり、聖體禮儀終りて後前記四教會永眠者のパニヒダを執行し、それより參會者一同撮影し、教會控所にて懇親會を催ふす。茶菓、赤飯を喫し、談笑の裡に教勢を語り、信仰を温むる方法を講ず、席上來賓牧島氏は席畫を揮毫して座興を添ふ、參會者は随意に温泉に浴し心身の輕快を覺えて夕刻歸途についた。（傍点田野倉）

これが如鳩と修善寺教会との唯一の接点である。このふた月前、如鳩は静養先の伊東で最愛の妻を亡くした。

漫談だろうが説教だろうが絵の中の天使は
その妻に似て
信仰の篤過ぎる聖画師の空の
はてしないブルー
天使らの群はその青の深みへ
深みへと消え
今は東伊豆自動車道の
終端へと消える

振られるたびに香る
香炉のけむりはトンネルに満ち
警報が鳴る非常灯がともる
その上の見えない
空は抜けるようなブルー
深い深いブルー
インターナショナル・マキシマ・ブルー

の空に
（天使は毎日降りてくる）
（ときどき渋滞したりする）

「祈禱の天使」を描くネフ
オリジナルは消滅し
永遠のコピーがおびただしい人また人の相貌《イメージ》を帯びて
イオアン、パウエル、ハリストス
聖所にひらく
来世の窓

詩は神の国
神の言葉か、

二十歳のニコライ・カサートキンは
広大なシベリヤを駅馬車で渡る
明治元年敗残の函館に義人の血は青いか

ヒーローを背中から撃って（！）
日本の近代をしみじみとひらく
その男、後の北海道開拓副使
数年の後、獄を経て広大なシベリヤをひとり
馬車で渡る
その百年後
パウエル如鳩マキシマはヒコーキで渡る
精神がないから
ぼくはニコライになれないエノモトになれないマキシマ
　になれない
精神がないから
ぼくは広大なシベリヤを越えることができない

精神がないから
とりあえず探す
国立国会図書館地下七階
イメージの書庫に
また
ときどきは

探すものを探す

如鳩の富士

*明治時代、日本におけるロシア正教徒はプロテスタントをはるかにしのぎ、その数はカトリックに迫った。

夷狄

三条大橋に晒される
遠い異郷に流される
いずこも同じ通信の中
うっすらと浮かぶ
トーキョーになる

生まれる場所

生まれる場所
生まれた場所
それはどこか

最初の記憶《イメージ》が見当たらない
らしき記憶《イメージ》はただの記憶《イメージ》だ
首のない子どもを連れた首のない母
オーバーの中の赤い肉白い骨
その断口、薄闇
うすぐらい昇降口の
奥の方からそれをただ見ているおそらくは三才のぼく
だが、それだけ*1

だからあらゆる時間を
あらゆる空間を選り分ける原風景《イメージ》をぼくは持たない

ぼくの幼年時代は小説家Nがつくる*2

記憶するよりも速やかに
忘れ去るものはあらゆる
ものの記憶を取捨しない
あらゆる言葉を取捨しない
詩はあらゆる想起にほかならないから
詩人は言葉を取捨しない

加速する加算は探す眼をはるかに
追い越して一本の線分になり
覚えられない詳細を
一直線に駆け抜ける

音速を超えると
速すぎるものは遅れはじめ
光速を超えると
速過ぎるものは限りなく止まる、
にかぎりなく近づく

窓の景色は流れない
時速二八〇キロをはるかにはるかに超えて、
大増発ののぞみは
西へ向かって遅れつづける
ほとんど止まって遅れつづける

ぼくたちはだから
精神を持たない
展開しない風景《イメージ》の中で
精神を持たない
つまり、

死ぬことができない

＊1　その昇降口はぼくが三歳の時保育室になった。
＊2　小説家Nは保育園からの幼馴染。ぼくには保育園以前の記憶がほとんど無い。僕の保育園時代はほとんどが彼女からのイメージでできている。

（『真景《イメージ》』二〇〇九年思潮社刊）

詩集〈行間に雪片を浮かべ〉から

Ⅰ

＊

名付けるまでもなく
名付けるしかない
距離を保ち
あるいは絞めにくる
胸壁の剝離
行間に雪片を浮かべ
あふれ出す
発信の記録へと没し去り
記録の発信する彼岸
なおどこかでたゆたっている
閉じられた回廊を
永住の廃墟とたてて

座礁する声　また影
裂けて降るつぶやきをまなざしにいらえ
たえずなだれてくる遠い皮のトルソ
夢を喰う橋をゆるゆるとのぞむのだ
（橋に立つこと　しだいに不可）
（川に立つこと　しだいに不可）
理由なくはじき出され
行くあてもなく
渡舟を去り
きれぎれにただよう
急速な分解なのだ　じつは
だがけむるほこりの中で
解体は緩慢な時をたどる
胎盤のうすあかりを上映にまでさかのぼり
上映を終焉と予感の
胎盤のうすあかりへとさかのぼり……

（戦略の都市は内包のカセを分けて、外部へ、
外部へと入口をひらきつづける唯一巨大にし

て多数の映画館としても呈示される。保釈の
ための通路は言語的な檻に囲われてかぎりな
くまなざしをそらす、とも伝えられる）

光もはや光源はなく
奥行きも近景も
単一の平面へならされ
遠近法は齟齬をきたす
季節は冬から
冬へと
わけもなく散りしき
胎生の長い汽車は
またひとつ　山をまわる

＊
そうして鉦《カネ》を鳴らしながら
いくつものくぐつたちが通りすぎていった
幼い日の格子戸の外《オモテ》
輪郭に憑く光もしぶに
確然として目おとらぬものたちの推移
漆黒のカモイはめくるめく辺境の香をたて
だがたちまち
内側へと折れまがってゆく
古い家屋はかげり
褪色のシミはくろぐろ
古代よりの神隠しを
累々と蔵し
また過ぎてゆく行列の無数
果ては語らず
なお絶え入るはしるしとしても
ばらばらと
屋根打ちつける小石の雨に
散りしくものはささめきと笑い
（世界創造時の神々の笑い、あるいは抽象的
な母のはぎしり）

「季節はみっつ
かたくちはよっつ」

不意の逆転が満ち干き
くいさがる浜に
梳らず　蟣蝨を去らず
垢にはまみれ　肉を食さず
ただゆくために
内向し　内向し
されば喪人のごとく
天心に眠れ　いとしいもの
みわたせば
流域をこえてあふれる川に
喪のゆえか、原色の
調布をさらす
人形《ヒトガタ》もあり

遠望し
斜度を加え

幼い日の
僕はといえばそこから
格子の跡をひたいにつけて
まろび出たか出なかったか
光沢のトランクを吊り
今はまたこの梁《ハリ》黒き駅亭にある
コフチュウ
コクブンジ
コウガクボ　また
宿駅から宿駅へ
喪の網をぬい叫びを
あげてちらばるくぐつたちの由来へ
足をむけたか向けなかったか
かくして
長い異和の椅子をまたよぎり
立錐もあたわぬ私たちは

さらにひとつの山をまわる

長い長い胎生の汽車の
角《つの》をよる窓のきしみ
光しぶふる
同名の駅をめぐり…

*

追放のくびきおえ三日月の消去
今もまた追放の途次にある
誕生の石の変貌を耐え
草木の無機化なおも加速
ステンレスの
硬質の森から銅線をまき
洞道を掘る罫線の充溢
ナトリウム灯にもさびない

冬の夜のカタイ睡蓮をかけ
タマ川、タマ川のこちら
光沢のトランクを吊り
同じ街から街へと
息を殺してすべる
ひきもきらず避妊の嫁と
草を刈り　文字を書く
そんな時
片隅に肺を
たてるのであろう
薄暮は
空箱にも気息のひびき……

*

段丘にたわみ
のぞまれる道を
目もあやに瀕死の

死者たちがおちる
実に微笑の
生誕を祝うものなし
今や疎外の
カクヘキまでも
発光し
透り過ぐ一枚の網図へ
キーを押し
キーを押し
仮構の旅を写し出し
生きもする
水栽培の
ジャガイモ、トマト、カブラのように
名のらせよ
追放の
途次にあり
わが都市の
きれぎれの声　きれぎれの夢
私たちは街路に川を思い
ひとしきり
咳こんで、こごる
はけの方から
吹き込むも風
タマ川、タマ川の
輪郭をたとえて比喩はまたも
激しく空《カラ》まわりする……

Ⅱ

けれどもわたくしが視る光はどこにあるということができず
一面にひろがり、太陽が被る薄雲よりはるかに明るいのです。
（ヒルデガルト）

*

土地の自然な環境
宅地開発の状況及び建築の動態は分泌する

自動種まき銃の人口規模的模倣だから
定める法で定められた
都市計画区域の壁面の位置に封鎖される
隠蔽の高度地域　定理は
道路計画予定線にそって操作される

自動車ターミナル又は公園
空港、緑地、書物を脱皮するガス供給施設
や
その排水口から遡行できない多の皮

諸般の事情は前項の規定による
前項の規定は前項の規定により
その前項の規定は前項の規定によって
だが鏡の奥行きはないから
政府は宙吊りにされる

遡及効果は下位法令の
純然たる講義に還元される

土地は逆剝かれ
道路は
たどるものでもたどられるものでもなく
アスファルト・コンクリート20型あるいは
透水性25型として記載される

作業は
かくして一まいのフロッピーディスクに
類比的な位置を占める

(開封者は指名されない)

*

時には
白夜のナカスギ通りもくだる
汽笛と

欅並木に見えかくれする
列をなす汽車窓の明り
阿佐谷南一―十五―一
測距儀をかかえ
集積してゆく街路灯の
明澄な光の下
爆音と孤独の内なる街へ
分け入るにはあまりに異形の
か細い足はさらに細く
さかのぼるのではない
さまようのでもない
（地図コソハ我ノ手ノ内ニアリ）
マイナスの傾斜を一斉に下り
定点の語源を測距不能な境界におとし
あらゆる
起伏と陰影の分岐を
可測路面に刻みつつ
ゆるやかな傾斜を下る
設計者不在の図上では

すべてが任意の印象点にすぎず
僕あるいは僕たちは
点の採集者としてまたも
言語学的な檻に観察され……

マイナスの傾斜は任意の
四方に散り
交錯する視線は何ものも交換しない
（それが欠如と呼ばれるなら
死とは何か）
常に測る反復の過剰
抱擁されること無く
僕が立つ阿佐谷
南二丁目十五―一
測距可直、列にいざなう
街路灯の集積しらじらと白夜に
否定性の
駆け込むには小さすぎる前交叉点へ
先端をかたむけ

内省の錘りを果てるまでたらし……
（そこが消失する地点、とも）

＊

光なく闇なく
いづこへも至らず
何も写さず誰も来ない
カラの寝棺にカラの喩の
連禱の果てたらされる錘りの
不意の破裂　あるか　遠い汽笛と
汽車はしる轟音だけがどこからともなく
ナカスギ通り交叉点を浸し
隅から隅へ
浮びあがる詳細を測る
地図にあわせて街路の
幅が決まり

明澄な真夜の光に憑かれ
積を増す都市の
東京都杉並区阿佐谷南一―十五―一
街角のそこここに巣喰う屈曲を正し
それから
性急をかえし
測量のあとふれる名を瞬間にファイルし
ファイルを分けて此岸をたどる
削除、訂正
削除、訂正、と
たしかにキーはたたかれ、つづけ
男たちは男は
矩形の窓に息をつめる

＊

たとえれば拒絶と
閉鎖との流出にはしり

また四分五裂してスタンスを結ぶ
タマ川の
幻像の檻無く発信もそして発信の
拡張もあざやかな触覚にとられ
夢見るは午後の砂丘のようだ

陽の沈む阿佐谷、気胸にもせよ
つかむものにすりぬけ
ありように払う
それぞれの障害の極少の砂粒
風紋にきわみ総じてくシグナルのマッスに
今、都市は静かにひたされている

発信セヨ
発信セヨ
どこからともなく
人の丈のコールサインを
また名をひしぐシグナルを発信セヨ
漂白の話法を煽動し

しかも肥沃なゼロを
しかも豊饒なゼロを
自らの解体の内に呼び込み
かつては卵、とも呼ばれ
今はまた太母、にもかえる
退行の方途目も眩む余白また余白へ
求めるのではなく
滅ぶのでもなく
無限分娩

つねに外部へ外部へと開かれ
発信しつつゆき来するものの
散逸にこそ気圏は
満たされもする

*

声なき弾道をまねび

夜、川を思う
地図にもあるか
タマ川、タマ川よ
失われて久しいのだ
この租界から
寄って来るのはいつも映像の
記録の発信に支えられ
さらに悲しむのだ
光源なく光のなかで
つぎつぎと越境を試みた者たちを
語り、繰り
ゆえに負う饒舌の後にも
語に渇き
語に渇き……

均《ナラ》されてなお、五十音の
故地にあり、ゆれる窓辺の
環状の冴え言調も硬く詩の正義を
目もあやに瀕死の死者たちの連理へ

一切の告訴が取り下げられ
また却下のひびき
到達には至らず
視線よ
訴の効力は円環に退き訴状の
かくして朗唱の調子のみが
尖端へ尖端へと先細り、無為に割れ
ひととき
形もつかぬタマ川の跡に
胎生の長い汽車がまたたいて
消える

どこでもない
残された白夜の
掘削跡
掘削跡
掘削跡……

*

だが今や
僕のうらがなしい定款に巣喰うのは
あらたに施行地区となるべき区域
認可の基準をはみ出す書法の
同意を得なければならない、とは

いたるところに設立できる
利用状況の著しく不健全な
概念の公共用地は鉄柵で囲われる
方法の借地権は
配列及び用途構成を備えた
土地以外の土地で更新される
通常生ずべき到達は見送られ
到達もまた
数ある死の
負担補助にかかる給付の基準ならば
配列及び用途構成を備えた

土地以外の土地は十全にあるか
適用除外の頓死者の後に
ぞくぞくと集まってくる日だまりの母
濃厚に残るまたしてもあなたの
身のない影におびえながら
トーキョーは硬く
トーキョーはよじれ
性なくすべるデジタイザーの
思惑なくすべるプロジェクターの
処々の闇、処々のくらがり
ときに
胎生の長い汽車は
区画整理地域幅広《ハバヒロ》の街路を
またひとつ
鋭角に曲る

＊

交信は目覚めず
矢の破端は眠る
必要不可欠の都市は均《ナラ》され
蔓延する異化の扼殺
集約、切り捨て
辺土を遡行する唖者の群に劣らず
半睡半覚の人物
風は首くくられたまま
例文に吊るされる
〈脱衣せよ
逆の端から〉
確実な輪郭は否認され
曇る碍子の中点に消える
窒息の予感も日程にのぼり
白夜に
詳細の露呈あくまでも止まず

＊

またしても分節の
機能のみをひとり歩かせ
なおきれぎれに発信をする
微弱な声もさらに分けられ
群《ムラガ》るでなく……

かくしていくつもの
解答にゆきあたり……

Ⅲ

＊

白馬おろしが夢に目覚め
雪の星が雪原に消えて
立春の夕べ

無臭無色透明な息を
森の木々が吐きかける
おお　ここであなたに最後の別れを告げ
目も瞑むばかりの
暗闇に旅立って行った僕は
仁科の湖の薄氷を
ひょうひょうと渡ってゆく心寒い
一陣の風だ
ハクバ　カミシロ　ヤナバ　キザキと
すでに架空のふるさとがつづき
僕の
行く手の両側に居並ぶ山々は
おもむろに立ちあがってはあなたの
面影をまとってつぎつぎと
去ってゆく
その裏は墓地だ。
奉納の鉄剣はるいるいと折り重なって
倒れてゆく墓碑銘の
判読不能な亡霊は未来の
僕の子孫となるべき先祖たちだ
彼らの
逆行する声なき声が渦をまき
地平線までがさかまいている
その地平線を
赤さびた巨人がひとりで
ゆっくりと
あるいてゆく

僕はゆれうごく恐しい階段をのぼるように
この坂道をのぼりつめ
間欠的に現れては僕の背中で
花ひらくしかばねの疎林をどこまでも横切り
峠を越えれば　そこは
何と遠い空だろう

もはや出会うべきものには
出会いつくしてしまった
行くべき河岸も

海岸もなく
風の間に間に潮騒を聞き
時には森に舟形も引く
この美しい錯視を
くりのべてなお
僕はある
僕こそはここに立つ
と、とりあえずは語る
昨日溺死した発語の橋を悼み
あるいは同情の野辺の送りも
もはやここまでにしておこう
今は別れたあなたを思い
すでに記され
すでに語られ
なお寄ってくるアズミノの山河の
解体を常態として名指される距離を
移動の、不断の散逸にたくし
地誌めぐる風紋を巻いて
語り継ぐ

剝落のあとの
トーキョーの果て
ふみ出せばすでに薄暮の
旋回をなぞり…旋回をなぞり…旋回を
なぞり…

（『行間に雪片を浮かべ』一九八六年砂子屋書房刊）

未刊詩篇

その記憶から越境する

澄みきった界面にさざなみがたって
しずかに何かがおりてくる
きのうときょうの
すきまからわいてくるすきとおったひかり
ゆっくりとうごかせば
くびすじにあしこしに
ゆびさきにふれて
そこだけに心地よいていこうがあり
垂直にほどかれていく何ものかがある

高い窓からさしこんでくる
まひるまのひかり
生と死を分かつ
みずからがほのぐらいゾーンとなって

湯のなかに
立つぼくたちは星雲
ほしぼしがどこまでも広がっていく宇宙を
赭黒い大きなひとかげが横切ってくる

それから
ほどかれてふえていくにんげんやくま
淡い六日の月のひかりに
さえざえとうかぶいきもののかげ
ひとと、ひとでないものがまじわる
うみぼうずやなまこのような青黒い山の
一瞬の残像はあたたかく
ぼくの五感にしずみこむ

明るすぎるオフィスでの重すぎるめざめ
うたたねの果て目覚めればこの透明な世界に
型抜かれた透明なひと型がある
そこだけがぽっかりとあいて
つめたい風がふきぬける

ぼくそっくりのひと型のむこう
うすらいでいく青黒い山　赭黒いひと
（日本現代詩歌文学館二〇〇七年度常設展「温泉と詩歌　東北地方篇」）

散文

境界《エッジ》の体験

かつて、最初に吉本隆明の『戦後詩史論』を読んだ時に感じた軽い異和、今はむしろある種の驚きとともにそれはひとつの光景として立ちあがってくる。再認、ではない。むしろ「発見」に近い興奮が、まるで航空地図上の家屋、構造物をひとつひとつチェックしていくような作業を要請する。それはひと言で言えば、境目《エッジ》の体験である。

本書の前半、約三分の一強を占める表題論文「戦後詩史論」は、本書の刊行から二十年近くを遡る一九五九年から六〇年にかけて書かれたものである。それほどの時をへだてながら吉本氏がなお、これを基本に置いて一書を編もうとしたことはこれがすでに一九七〇年代末において有効な何らかの展望を有していたことの証左であるだろう。そしてさらに八〇年代に入ってからの増補分になる「若い現代詩」にまで引き延ばされる吉本隆明自身の一貫した詩的アプローチの限界もまた、この「戦後詩史論」を前提にして明らかになるのである。

二十数年前にとりわけその「戦後詩史論」のパートに感じたそのような異和の一端を紹介するなら、たとえばすでにこの時点で当時の「若い世代」である岸田衿子や大岡信らの詩業をめぐって「自己意識の単独性」を指摘し、その単独性が「詩の問題としては思想的な意味の展開と重層化を不用にした」と語って「荒地」の詩人たちとの決定的な差異を明らかにしたにもかかわらず、岸田氏の詩を「日本語の意味構成のとれ」る形に再構成し、結局は「現実」あるいは「生活」と結ぼうとしたり、吉岡実の「僧侶」を引いて詩というものが「人間の表現され再構成できる思想を、想像力によって定着するものであるとかんがえている人々の常識の盲目につぎつぎにくさびをうちこむ」と、今日でも通用する鋭い指摘をしておきながら、それを詩の自由の方へ解放するのではなく、なおそれを「生活」に直に結び、主題論の方へ引きずっていってしまうといった具合だ。この異和は同書の中で十数年の時をへだてて書かれた「修辞的な現在」のパートにおいて、はっきりとその相貌を明らかにする。

戦後詩は現在詩についても詩人についても正統的な関心を惹きつけるところから遠く隔たってしまった。しかも誰からも等しい距離で隔たったといってよい。感性の土壌や思想の独在によって、詩人たちの個性を択りわけるのは無意味になっている。詩人と詩人とを区別する差異は言葉であり、修辞的なこだわりである。

（中略）

戦後詩の修辞的な現在は傾向とか流派としてあるのではなく、いわば全体の存在としてあるといってよい。

この把握は正しい。そしてこの時点で誰がこれほど遠くまで見通すことができただろう。にもかかわらず、八〇年代に至っても前世代の詩人たちがたとえば「洗濯船」の同人の詩はどれも同じに見える、と言ったり「書紀」の詩人たち、とりわけ稲川方人の詩が「何もない」、「何も言っていない」と批判する、そのような場所と一九五〇年代末以来の吉本氏の場所とはさほど変っていない。ただ、そこに新しい可能性を賭けて未知の詩歌の森へ分け入っていくのか、目と耳を閉ざして自らの場所にとじこもるかの違いがあるだけだ。

見ない人よ
見せてやろう
おれたちの顔を
肋骨を握って唖然としているおれたちの顔を

宇宙のゴビ砂漠に
おれたちは群をなして
ポツン
と座っておびえている
一粒一粒
小便をたらしながら
腐りかけた精神を見つめている
おれたちは　はらわたに手を入れて
盲腸を引きずり出し
ゆっくり噛みしめる

諦めない
おれたちは何でもやる
間違いなくおれたちは続ける
頭蓋からしみこむ雨は
骨の間に粘液となって溜る
それが澱まないように
頭蓋を開け手を伸ばして掻きまわす
間違いなくおれたちは続ける
魂というチッポケな奴を延髄のあたりから
取り出して
アンドロメダの方へ投げつける
（中略）
間違いなくおれたちは続ける
おれたちは出かけて行く
ムチをふるって
風船のような魂を追いとばして
あくまで

（吉増剛造「風船」）

吉本氏は「おれたち」の位置の任意性をその「不安定」の原因として指摘しているが、ここに引かれた吉増氏の第一詩集『出発』に収められている詩篇「風船」の不安定こそが、安直に「伝統」と結託することなく詩を前のめりに走らせ得るのであり、〈意味〉をやすやすと越境させ得るのであり、また、その原因たる「おれたち」の位置の不定こそが以後一貫して吉増剛造を時代の中心からさほど遠からぬところに位置せしめることになる主体の遍在性、個の不可能性の探究への契機となるのだ。

　一方、同じ場所で吉本氏は「個性は〈意味〉のスムーズな流れにではなくて言葉の強い掻破力にもとめられる」と主張する。それは詩を前のめりに走らせる走破力の指摘でもあるのだが、同時にここでは、流れるべき〈意味〉の実在は、ア・プリオリに信憑されているのである。おそらくそれも間違ってはいない。吉増氏自身、ここでは語のひとつひとつが負うイメージの破壊力や喚起されるイメージ間のコントラストが読む者に与える何ごとかを一応信じているように見えるからだ。しかし、確かにこの「おれたち」には位置がない。しかし、この位置の無さは作者の未熟でもなければ偶然でもない。「荒地」の田村隆一や鮎川信夫の「おれたち」と比べてもらえばわかりやすいのだが、すでにこの「おれたち」には無数の「おれ」を結合する共同性が感じられないのだ。それは作者個人の事情によるのかもしれないが一方ですでに時代が人間に要求しているスケールの急速な拡大を思わせもする。つまり、人と人との結合がすでに自明のものではなく、たとえば安保なら安保といった強力な体験媒体を必要としているのであり、むしろ本質的には自明の共同体を失った後の「空白」そのものとして、吉増氏の「おれたち」はあるように思われるのだ。

　おそらくこの時点で〈意味〉は、それでもいくばくかは人間の「生」とは自明のものとして結びついている。だから作者‐発話者‐読者は、まだ一直線につながっている。この一直線を信憑することによってのみ鈴木志郎康もまた、読まれうる。

　鈴木氏の作品もまた、吉増剛造と同様吉本氏の言う「〈不可能〉の実現化」を体現しているのだが、ここで呈示される詩業もまた〈意味〉においてはあくまでも日常の記述であり、意味されたものが非日常であるにすぎない。これは次に語られる天沢退二郎の詩においても同様だが、文としては日常言語の構文がかたくなに守られており、それが意味上の暴走と強いコントラストを見せて今見るとむしろ興をそぐのだ。ここにおいても変貌するのは言語そのもの、あるいはそれに作用する変貌した主体や社会ではない。言い換えるならここで「変えられてゆく」のは実生活、実社会の変貌の反映であり、その限りにおいて実社会に影響を与えうるものにほかならない。

> けれどもこの願望や欲求もまた日常性の世界から現われる。そして実現されてしまったらどうなるのだろう。つまり理想の妻や理想の日常生活がこの詩人にやってきてしまったら、日常性の意味は〈不可能〉から〈可能〉へ転換してゆくにちがいない。

> 詩における鈴木志郎康の越境は主体の外的な要因によっていつでも「日常」へ帰還可能である、ということだろう。この指摘もまた正しい。そして氏が吉増剛造の詩

に対しては「修辞に個性があるとすればこの個性は自己主張するよりむしろ自己とう晦したがっているために〈不可能〉な掻破力をもたらしている」と一歩退いて見せるのに対し、鈴木氏に対してはほぼ完全に吉本氏の把握に収まって見えるのは面白い。

つづいて吉本氏は天沢退二郎の詩をめぐって「個性という概念が詩の表現から死に絶えてしまったことを表象するのに、これほど見事な表われ方をしているものはない」と指摘する。吉本氏にとって、そして近代批評にとって、この「個性」はひとつのオブセッションである。しかしそれほどまでに信憑されている「個性」とはいかなるものか。

そもそも古典古代の叙事詩において、「個性」が問題になりうるだろうか。ホメロスにせよウェルギリウスにせよ、そしてダンテにせよパウンドにせよ、作者の刻印は深々とあるが、それらの世界体験にいかなる「個性」の関与が必要だっただろうか。「個性」の死滅は「詩」がいよいよ「世界」大に近づいた、とは考えられないだろうか。また、「個性」の死滅が「個性」という神話の崩壊、というより個性という概念自体のリアリティの喪失を意味しているのであれば、それこそＩＴ時代の詩（の主体）の「位置」を示唆するのではないだろうか。

「修辞的な現在」において吉本氏は、都市的画一化の内に清岡卓行を通して僕たちにとっての詩的現在へ入ってゆく。そして吉増、鈴木、天沢と語り得る何ごとかを求めて彷徨し「生活に入り込めなくなった感性的な体験から「個性」を「言葉の強い掻破力」に求め、「個性」の死滅を語り、やがて天沢退二郎において「修辞」を三つの類型に分類する。すなわち「否定の修辞」、「〈不可能〉の修辞」、そして縁語懸詞という修辞、すなわち「音韻と音数律の単純な類似と反復が表出の自由連想の引金に」なるというものだ。いずれも詩が「個性」や「思想」や「意味」から遠ざかったとき、なお氏が「詩」を享受するために見い出した方途と、言えなくもないのである。

言葉を〈意味〉からみたときに異和とか撩乱とか不斉とかの感じになってあらわれるだろう。けれど〈音韻〉はどうなるのか。（中略）これは言葉の〈意味〉が〈価値〉に従属するところでは、いいかえれば〈意味〉がただ〈意識〉の内的持続の表現として〈意識〉に従属するところではかならずしも一義的に成立たなくなるだろう。〈意識〉が登場してきて〈意味〉をとび超えて〈音韻〉と手を結びたいといいはじめた。そうなれば〈音韻〉は〈意識〉に従属するだけで〈意味〉との関連はすくなくとも第二義以下のものになるだろう。これはある意味では詩が現在希望することでもあるのだ。

この論考のゆきつくところとしてこの古今集に遡る「縁語懸詞」は最も氏にとって未知の「詩」にアプローチする使い勝手のよい道具ではある。延々とつづく例示のはてに行きつくのは平出隆だ。

旅を籠め
冬の中の冬の中に
いまは死せるひととの
春を籠め、
はるかな道を一室に籠め
ふたりの筆跡のみだれ、かすれた火柱を組む。

（平出隆「冬の納戸」）

吉本氏が言う「縁語懸詞」という修辞を解説するその手つきはあざやかだ。その「単純な効果」を氏は「言葉が同音によってからかわれている、遊びになっているとみてもよい」と語り、「こういうことは詩を言葉で織りあげた言葉相互の構成とかんがえるかぎりある言葉の構成の内部における変遷として歴史的に何べんも繰返された」と指摘して古今集を招喚する。氏は古今集の時代、「詩を保証するものはこのゆき届いた定型の制度であって、現実の感性的な体験ではなくなった」と指摘する。たしかにそうでもあるであろう。しかし和歌はもともと「現実の感性」など体現していたか？　この点において問題はヨーロッパ古代の叙事詩と同様である。たとえば万葉集はひとつも個の感性の現実など表わしてはいなかったし、詩以前の情緒の色合いさえ問題ではなかった。

それは現実を呼び込むために、定型を整え、レトリックを磨いていったのである。もちろん縁語懸詞のレトリックも同じであった。紫式部集の和歌より源氏物語の作中歌の方が優れているのもそういうわけである。いずれにせよここで、レトリックは逆に平出氏の作品が「詩」であることの保証であるかのように語られる。

　この縁語懸詞のレトリックはまだしも、「現在の都市の風俗を風俗として浴びていることが詩なのだ」という断言については引かれている詩も今ひとつ説得力がないが、何より都市の風俗といういつでも「思想」や「日常」に帰還しうる〈意味〉の体系そのものが剝き出しに語られていること自体、後退ではないのか。確かに七〇年代以降、詩は都市的ではある。しかしそれは都市の風俗を語ることによってそうであるのではなく、農村という〝ジャンル〟が消滅して希薄な都市そのものとなってしまい、もはや都市的でないものはない、という世界状況をこそ写し出しているのだ。さて、この「風俗」をキーワードにすることによって氏は荒川洋治の詩業にアクセス可能となる。しかしもちろん、荒川氏が「尼房」、「除目」、「羈旅」といった古語を日常言語の意味体系から遠くはなれて使うことが風俗なのではないし、当然〈古典的〉な感性への遡行ではなく、それを峻拒するという受容の裏返しをバカ正直に再履修しているわけでもない。そこで語られているのはおそらく、純然たる地理世界のことなのだ。

　詩が思想の種子を宿しているのに解放がどこにむかっていいのか感性がつかみえない。崩壊を象徴されている都市と農村の姿は思想の現状をもっとも優れて受容しているものに属している。そしてそれは膨大な都市と農村の分厚い風俗絵図と溶けあっている。このふたつの区別しがたい〈境界〉の認知に重要なものが潜んでいることを詩はいやおうなく暗示する。鋭敏に感知すればするほど風俗の蟻地獄の中心に位置して思想の〈意味〉構成の不可能を不可能として持ちこたえざるを得なくなっているのだ。言葉だけの希望が無い方がいい。言葉だけの絶望が無い方がいいように。

これが「修辞的な現在」の結語である。結局、氏にとって思想は回復されなければならないし、「風俗」は意味論的アプローチに不可欠な要素なのだ。だがそれで何を、いつまで持ちこたえることができるのだろうか。

（瞬く間の修辞への慕い
おまえを寄せるまで
眼の不安はこうしてしたたり
こうして病んでゆく）
わたしたちはみじかい雨の後
借りもの法衣に、かぐわしい綿と
紙切れのような遺骨を包んでことこと鳴る
木の橋をまるでサーカスみたいだ、と
笑い泣きしながら渡っていったのだ。
木の橋のむこうは
人家のにおう五月の丘陵
そのむこうにいちめんの
馬の墓地
（以下略）
（稲川方人「瞬く間の修辞への慕い」）

「音読しても目で読んでもおなじだが意味は通じない」。その通りだ。しかし稲川氏は「意味の流れをことさらに抵抗物としてしつらえ、そして抵抗物に言葉がぶつかっていくこと自体が、世界を歩いていくことだ」とは考えていないだろう。いや、そのパフォーマティヴと言えば言える身振りにそのような要素が見て取れたとして、吉本氏はどう読むか。「意味が通るように言葉を置きかえたら、こんな原形になるはずだという読み方をしても仕方がない」ことは、先に見た岸田衿子の詩で試みているだけにここへ来てのこの認識は何ごとかを物語っている。
「意味の達成」も「意味の遅延」も拒まれていることはおそらく本質的な問題ではない。結局吉本氏は「この種の作品は波長として読むほかない。（中略）その波長にじぶんが感応できるかどうかが読むことに対応しているる」と書き、実際、引かれた一部の詩行を「まともな語法」に置き換えて見せもするが、ただちに「ただそう読んでしまうとたぶん間違いになる」と否定し、「ほんとうは成就感を拒んでいるところに詩的な放逸がおかれている」と語るのである。

ここでは言葉はまったくそれ固有の出現力をもった完備された世界とかんがえられ、その上で成り立っている。言葉が世界をつくり、その言葉が何らかの意味で現実の世界の事物と、対応関係をみつけることができるという性質は、すでに失われてしまっている。言葉はそれ自体として氾濫し、それ自体として閉じられた世界なのだ。こういうところで、現実の世界にある意味で、言葉の意味を、置きかえて読むことはできない。言葉は完璧な世界で、それ以外の世界は何もない。

だからこそ対応関係を回復するのではなく、新たに見い出し、招ぎ寄せ、そこに自らの産出力を打ち立てる。吉本隆明によって語られない入沢康夫の詩業とはそういうものだ。入沢氏は自らの詩篇と〈現実〉の間にいかなる直接性も結ばせない。〈現実〉は詩の図柄であり、詩は常に現実以上のリアルなのである。「思想」があって詩があるのではなく、「思想」もまた詩の図柄にすぎないのである。吉本隆明が論じにくいのはまさにそのあたりなのだ。ともかく言葉で閉じるのではなく「世界」に開く。「意味の遅延」も「意味の達成」も拒まれているのは、そのような「開かれ」を担保する「技術」にすぎない。徹底的に意味を結ばない場所へ類例のない何ごとかを招ぎ寄せる、それが稲川方人の世界だ。そこにいかなる〈意味〉性も身体性もない以上、確かに「言葉は完璧な世界で、それ以外の世界は何もない」。しかし波形の長短の問題ではおそらくなく、言葉によって言葉をたたしめた時の意味論的空白、白く切り抜かれた実在、そのマイナスのマテリアルを読み取ることこそが賭けられているのである。

僕たちが今、『戦後詩史論』から三十数年をへだててこれを読む時、むしろ問題にしなければならないのは吉本隆明がはるか以前から驚くほど正確に事態を把握しながら、その価値判断において受容し得なかったまさにその部分が今、僕たちにとって切実な詩の困難として目の前にある。それは「個性の死滅」でもなければ〈意味〉や〈思想〉や〈生活〉への接続にかかわる不可能性の問題でもない。それは、それらの背景として吉本隆明が語った平板で単調で明るく、事件も物語もない均質で平安な、和合亮一の言葉を借りれば、「事後の後の生」を生きる僕たちの世界そのものにほかならない。

（「現代詩手帖」二〇〇五年九月号）

だから僕もプライベートなまなざしで見る。
——「詩人の眼——大岡信コレクション展」

大岡信が立って何かをしゃべっている。NHKの「視点・論点」だったか、あるいはNHK教育の別の番組だったか。とにかくカッコよかったのだ。こういう場合、たいがいの論者は書斎や研究室で、ぎっしり本のつまった書架を背にしてしゃべっている。ところがこの時の大岡信は、まっ白な壁にかかった、たった一枚の絵を背にしてしゃべっていたのだ。今回の展覧会で、はじめてそのタイトルを知った。《大岡の月》。サム・フランシスの絵であることはひと目見てわかった。そしてそれがサムの作品の中でもとび切りの一点であり、サイズのこともあるが、それが何か論者と、とても親密なものであることも。

プライベート・コレクションの一点であることはすぐにわかった、とは言うまい。その時の大岡氏の話の中で、絵の説明があったのかもしれない。しかし、その時氏がしゃべったことは何ひとつ覚えていなくて、ただ、その絵が僕の記憶のまっ白な壁に以来ずっとかかっていて、僕もまたその絵を、時々ではあるが親密にながめてきたのだ。

全国四ヵ所を巡回する大岡信のプライベート・コレクション展の冒頭が三鷹市美術ギャラリーで開催されるのは、もちろん大岡氏が長年、三鷹に住んでいたことによるのであろうが、同時にこのギャラリーがプライベート・コレクションの展示にあまりにもふさわしすぎるスペースであることも、この展覧会をここに招ぎ寄せる契機になったのではないだろうか。展示自体もそのスペースの特性をフルに使って、派手ではないが多くの一般観客にプライベート・コレクションへの夢をかきたてる、かつてなく現代美術を身近なものにした展示となっている。

ギャラリーの入口は階段から上っていくとまるで団地の玄関である。おそるおそる鉄の扉を開けると、やはり団地のそれを思わせるエレベーターホール。その奥をのぞき込んでようやくギャラリーであることに安心する。展示室に入ると、通路状のスペースに最初にかけられているのが右手に東野芳明の油彩、左に瀧口修造のデカルコマニー。東野芳明は戦後のヨーロッパ、アメリカの現代美術を日本に紹介するにあたってあまりにも大きな足跡を残した美術評論家であり、大岡氏の大学時代の同級生でもある。二人は二十代の半ばに飯島耕一らと「シュウルレアリスム研究会」を結成する。大岡氏のコレクションの淵源をたずねれば、もちろん大岡氏の資質志向はあるのだろうが、やはり東野芳明に行きつく、ということだろう。その「シュウルレアリスム研究会」を通して直接知り合うことになる詩人で美術評論家である瀧口修造は、詩と美術を結ぶ大岡氏の生き方の、ひとつの元型であったように思われる。展示室に入って最初の見せ場は、この瀧口修造が大岡氏に贈った《リバティ・パスポート　詩人旅行必携　大岡信のために》だろう。さりげなく置かれているようだが、きっちり目に入る展示だ。ポエジーに充たされた行為と言葉、そしてそれらがオブジェでもあるという、この不思議な融合。つづく駒井哲郎もすごい。《時間の迷路》は誰もが認める名品だが、一九五六年の《樹木　ルドンの素描による》も、見る者に有無を言わせないある強さにあふれていて、しかもどこか優しい。このほのかな優しさが豊かさとして結実したものこそ詩人が「持っている駒井哲郎の作品の中で一番気に入っている」と言う《蝕果実》だろう。駒井の作品のコレクションは駒井の〝生〟の軌跡とも重なって、大岡コレクションの中でも特異な位置を占める。利根山光人の絵には、まさに絵であることの喜びが満ちていて素直に楽しく、その楽しみが実は深いところで湧きあがる〝生〟のよろこびであることに大岡氏がまっすぐ感応しているところが絵を通して文字通り目に見えるようだ。榎本和子の《記憶の時》は大岡氏がそれを購入する時、その場に僕も居合せた。と言っても本人は気づいていなかったと思うが、絵を前にしてしゃべっている大岡氏の率直な感動にまだ二十代の僕が聞き耳をたてていた、というわけである。嶋田しづの名は野村喜和夫を通して知っていたが実物を見たのはこれがはじめて。《みみずくの住家》は詩人が寝室に飾っているというが、その通り脳の最も奥処で、見る者に心地よい隠れ家を提供するような佳品である。次の見せ場は何といっても加納光於だ。質・量ともに大岡コレクションの圧巻というべきだろう。氏がはじめてコレクションしたものという《波》は詩人の確かな目を証するが、何といってもとなりにかかっている《星・反芻学 Star-Rumination》がすごい。このインタリオのシリーズは、加納氏の作品中僕が最も好きなシリーズなのだが、中でもこの一点は、知る限り加納氏の作品中最良の一点だと僕は思う。だが、大岡信と加納光於といえば、何といっても《アララットの船あるいは空の蜜》の共同制作に尽きるだろう。今から見ると「うらやましい」と思わず口に出してしまうような豊かな時間がこの箱状のオブジェのまわりに濃厚にただよう。と同時に、制作中連日加納のもとに送られて来たというおびただしい官製ハガキに書きつけられた詩句は、大岡氏の詩人としてのキャパの、とてつもない容量をかい間見せるものである。

　天井が高すぎず、空間が広すぎないこの親密な空間はしかし、決して狭小な空間というわけではない。百二十五点に及ぶ展示は、充分なボリュームをもってどこまでもつづく。その作品ひとつひとつについて語ることもまた、どこまでも楽しい。しかしすぐに紙数は尽きてしまうのである。ルドンの銅版画は志水楠男が「詩人の大岡が持つべきだ」と言って大岡氏に売ったとのことだが、同じセリフで僕は佐谷画廊の佐谷和彦（息子の周吾氏だったかもしれない）から何か買った覚えがある。「出典はここにあったか」と思わず呟やく。ちなみに佐谷氏は志水楠男の最晩年を南画廊の社員として過した人物である。加納光於と並んで後半最大の見せ場を作るのは言うまでもなくサム・フランシスだが、すでに冒頭で語ったので、後は読者諸氏が自分の目で確かめればよい。この他、中西夏之の三点、特に《洗濯バサミは攪拌行動を主張する》には思わず「ほしい！」と心で叫び、宇佐美圭司、菅井汲の作品にとりわけ心ひかれたことを記しておこう。

こと美術に関して大岡信は語る人である前にまず見る人であり、見て感じ、その感じたものに時として驚き、その驚きを率直に口にする。分析である前にまず言葉である。その作品に拮抗する言葉を発するのである。これを実感批評というならまさに実感批評に違いないが、それなくして一体何が一般の観客と作品をつなぐのか。たしかに作品を作品の中で、作品と作品の関係において、あらゆる角度から作品を照射し、分析してゆくことは今やジャンルの更新に必須であり、時としてその尖端を切り開きもするだろう。しかし、詩人大岡信が見い出し、詩人大岡信が愛で、元来語り得ないモノ、あるいはモノの上のイリュージョンに詩人大岡信が唯一拮抗し得る詩の言葉、あるいは詩的散文において語ったことは、どれだけ同時代の美術を豊かにしたことだろう、と思わずにいられない。ひるがえって僕らの時代の現代美術に目をやれば、大岡信の時代に優るとも劣らない作家や作品がうなるほどあるのに、それを語る言葉は、専門雑誌以外にほとんど流通していないのである。僕らの時代の大岡信はどこにいるのだろうか。あるいはもういないのだろうか。

（「現代詩手帖」二〇〇六年六月号）

「展望」は書けない

——二〇〇〇年代の詩が生きる場所

「展望」を書くことができない。八〇年代半ばから語られてきたいわゆる「戦後詩の終焉」をめぐる言説は、同時に共有されるべき普遍的な価値観や体験の失効を、言い換えるなら批評の不可能性を明らかにしつつ、そのような場所でなお詩はどのように書かれ得るかを不断に問うものでもあった。たとえば和合亮一は早くも九〇年代半ばに、このような詩的現在を「事後の後」と呼び、新たな詩の言語を模索してきたのだが、しかし今、僕がここで直面する展望不可能性はおそらく、そのような何かの欠落に出来したものではない。

すでに「戦後の詩」を語るにあたって「現代詩手帖」を避けて通れないように、二〇〇〇年代の詩を語るにあたってもやはり、「手帖」抜きには語れない。二〇〇〇年代のこの十年を「新鋭詩人たちの十年」と仮に呼ぶとすればそこには、新鋭以外の詩的営為もまた、これまでにない相貌を帯びて鮮やかに浮かびあがってくるだろう。正しくは九〇年代後半にはじまる新鋭詩人たちの活況が最初に可視化するのは一九九八年六月から異例の二年間に及ぶ城戸朱理・野村喜和夫選による「現代詩手帖」「新人作品」欄の盛況であろう。通常、毎月の投稿作品数はほぼ四百篇から多い時で六百篇といったところであるが、城戸・野村コンビが担当した二年間は平均で月八百篇を超え、二カ月分がまとめて来る一月号を別にしても千篇を超えた月が四回もあり、他に例を見ない。後日思潮社から二十数年ぶりの新鋭詩人シリーズとして刊行されることになる「新しい詩人」の十二人のうち六人がこの時期に投稿をはじめた（らしい）ことは決して偶然ではない。投稿篇数の多寡は決して選者の優劣を語るものではないが、それが城戸・野村の九〇年代における重要な詩的営為を正面から受けとめていた若い書き手たちの期待値であったことはその二年間の投稿欄の顔ぶれとその作品群を一瞥するだけで明らかだろう。だが同時に、これが単に城戸・野村にのみ帰属する特殊な事情であったなら、その後十年に及ぶ新鋭の活況があったとは到底思われない。すなわち、この二人の選者に対する期待値を大きく超えてゆく何ごとかがこの時期、多くの若い書き手たちを突き動かし、詩に向かわせたのだ。この後、明らかに特定の選者に対する投稿作品数の増大という現象が出来する。それはまさに投稿者がこれまでになく同時代的なシンパシーにおいて、選者を選んだ、ということだ。

母憂を承前としつつ
華やかに停車位置を越える地下鉄
から　夏の亡者は
愛を言い尽くす
水溶性にあまねく主神礼讃
愛する者は愛される者を遂げて
日晒しの意識は
あらゆる経路を欠落させる

（石田瑞穂「秕と韻律＊＊＊（他者の描像）」部分）

彼の指は白い蛇だ、という呪文が彼方から聞え、さまざまな生物が破れたり混ざったりしながら完全生物感覚に近付く金属音が聞える。それは語りの準備だ。形式はここでは血のながれで、それが外に破れ出さないならどこまでも自由で不安定であることが許されている。人間は物質的に安定していて、海の上で爆発する窓や、その爆発後に出現する不安定な海鳥の、半分ずつの消滅などを信じることも不可能だろう。

（小笠原鳥類「完全生物感覚試論」部分）

この二人はいずれも、城戸・野村コンビの選による一年目の現代詩手帖賞受賞者である。石田瑞穂は城戸朱理が八〇年代の半ばから一貫して切り開いてきた「海」が何かの喩ではなく、詩が「海」そのものであるような〝場〟を自明の前提として出発している。彼が背負う厖大な言葉のたゆたいは普遍的に共有される価値などとは無縁の、豊穣な音とイメージと何よりも物質化した「意味」で、できている。

一方、小笠原鳥類の作品は、やはり長年、野村喜和夫が追求してきた身体性そのものとしての言葉（言葉の身体性ではない）を思いもよらない具体、生きもの本位制とでも呼ぶべき具体において実現する。翌年の受賞者コマガネトモオや、やはりこの時期に投稿をはじめた（らしい）藤原安紀子、手塚敦史、佐藤勇介、あるいは杉本真維子まで含めて、いずれも超越的な何ものかをその不在をも含めて前提とせず、従ってメタファーやシンボルを前提としない、かつ絶対的に具体、具象であるような詩的時空間という前提を城戸朱理・野村喜和夫と共有しているのである。

わかるだろうか、ここに明らかになるのは選者の詩作品との類似でも影響関係でもない。それぞれが自らの詩業において自明の前提とするものが共有されているのである。逆に言えば、この前提の共有を投稿者が選者に認めない限り投稿などしない、といったたぐいの事態にほかならない。

また、これが選者の詩作品に対する共感あるいはもっと単純に好みのようなものとも位相を異にすることは、同じく彼らの時期の投稿者であった蜂飼耳や日和聡子、とりわけ蜂飼耳において明らかであろう。蜂飼耳は一昨年、初の小説集を上梓したが、それはよくある詩人の小説とはどこか様相を異にしていて強いて言うなら月並になるが詩と散文のエッジを極限においてたどっているように感じられ、二〇〇〇年代になって高橋昭八郎や新国誠一の詩業をめぐる発言と紹介に尽してきた城戸朱理の詩業との間に「詩が詩であることは自明ではない」という前提をまさに具体的な実践として共有しているのである。

このような類似でも影響でもない前提の無条件の共有という事態、その「前提」の生成について少しだけ触れておきたい。

詩的九〇年代はその直前にベルリンの壁の崩壊、東西冷戦の終結という「世界」を読み解くに便利な解読格子が失効し、翌年にはこれに応えるように映像の向こうで湾岸戦争が勃発、以後、暴力さえ急速に均質化し、あり得べき非日常はますます「日常」と地続きになってゆく。この湾岸戦争に際し主に「現代詩手帖」を舞台にして出来した瀬尾育生と藤井貞和によるいわゆる「湾岸論争」が、論理において明らかに瀬尾の方が正しいと思わせたにもかかわらず、言葉の原初の力、詩によって現実を物理的に動かし得るという理不尽な信憑で詩のボディを充たし、西欧的近代のただ中に圧倒的な力の体験としてそれを解き放った藤井の勝ちと感じた者たちにメタファーとシンボルを前提とする詩学の崩壊を決定的に示したことは特筆しておいてよい。それはすでに七〇年代末から八〇年代にかけて詩を書きはじめた、おおむね戦争体験を持たず、安保も「六八年」も知らず、すなわち共有すべきいかなる事件も価値も内面も持ち得ない世代、西欧的近代のどんづまりに出来した自由で平等で清潔で合理的でどこにも闇が無い均質な世界、あらゆるカタストロフがイメージに回収されてしまうような、しらじらと明るく、そして奇妙に心地よい世界において、どのように詩が書かれ得るかを模索し格闘してきた詩人たちにとって、それははるか遠くにではあるが同行する先行詩人の姿をちょこっとかいま見せてくれたように思われたのである。

そのような中で、当時の新鋭詩人たちはのれんを腕で押しまくり、ヌカに釘を打ちまくるように自分の詩をこつこつと書き継いでゆくしかなかった。その成果をとりあえずキーワードとして列挙してみるなら、まずはあらゆる超越性の棄却であり、海洋性・翻訳の詩学・身体性・暴力・恐怖・越境・浸潤・日常性・熱情・執着・抒情・プライベート・具体・個別・固有・交換・史的複線化といったところだろうか。そのさなかから和合亮一は出現したのである。二〇〇〇年代初頭の新人作品の活況を用意した詩的前提の内実とは、城戸・野村をはじめ、広瀬大志、高貝弘也、川口晴美、河津聖恵といった九〇年代の詩人たちが、見えない抑圧の中からこのような不断の営為によって切り開いてきたものにほかならない。

ところで、城戸・野村選による新人作品欄の活況に対して現代詩手帖編集部は二〇〇〇年八月号で四年ぶりの新鋭詩人特集を組み、石田瑞穂、小笠原鳥類、蜂飼耳、コマガネトモオらを紹介する。この対応は驚くほど素早い。これは新人作品欄の活況から新鋭詩人たちの動向を見極めて特集に踏み切ったというより、選者に城戸・野村を起用した時点で、少くともこの起用の結果浮かびあがってきた九〇年代の詩的営為の成果の上にこそ二十一世紀の詩はある、という認識のもとに企図されたと考えれば納得がいく。実際、この特集に先立つ一九九九年九月号では「90年代の詩人たち」が特集として組まれ投稿欄から登場したばかりの石田瑞穂、小笠原鳥類らが執筆し、プレ新鋭特集としての相貌もあわせ持つなど、明らかに意図的、戦略的な編集であることが見てとれる。そしてこの意図・戦略は正しい。その後、二〇〇一年の小池昌代・倉橋健一、翌年の池井昌樹・福間健二選にかけての藤原安紀子、杉本真維子、久谷雉、水無田気流、三角みづ紀を擁する第二の波が訪れると、その直後には再び新鋭詩人特集として「現代詩新潮流」が組まれ、冒頭の鼎談では吉田文憲、河津聖恵、それに田野倉が、若い詩人たちにおける詩と生の間近さを確認する。これは後に中尾太一が言う「絶対抒情詩」という実践につながる何ごとかを照射していた。驚くべきことにはその翌年、二年連続で再び「新鋭詩集二〇〇五」が組まれ、鼎談には前年のメンバーから田野倉、それに新鋭の当事者である石田瑞穂、杉本真維子を起用、松本秀文ら新鋭詩人たちの詩業がまさにコンテンポラリーに語られ（今、作品が生成しているナマの現場において語られ）、この時の全身を貫くようなワクワク感は今でも忘れられない。新鋭詩人特集が新鋭の側に委ねられたのはおそらくこれが最初ではないか。そこでは、これまで年長の詩人たちから否定的に語られてきた詩行、あるいは詩篇の長大・散文性といった諸要素が鮮やかに反転されて見えたことを特記しておきたい。一方、「手帖」編集部は手綱をゆるめることなく、翌二〇〇六年六月号では今度は本当に前年の特集で取りあげられていた新鋭詩人たちだけによる座談会を冒頭に置く新鋭詩人特集「2000年代の詩人たち」が組まれ、更に永澤康太、最果タヒ、小川三郎らが紹介される。同年十一月号では二十数年ぶりの現代詩新人賞が発表され、中尾太一が受賞。また、この年からこれもまた二十数年ぶりの新鋭詩人シリーズとして「新しい詩人」十二冊の刊行がはじまる。一方、この新鋭詩人たちの活躍が逆照射するように年長の詩人たちの詩業が、これまでと異った見え方をしはじめる。それはたとえば「吉増剛造の歩行」（二〇〇七年二月号）や「北川透／稲川方人」（二〇〇八年三月号）といった手帖誌上の特集として可視化し、あるいは詩誌「ウルトラ」が特集を組んだ田村隆一や詩集『アンユナイテッド・ネイションズ』がひときわ新鮮に見えた瀬尾育生のように。

だから広がる「空の責務」が僕のコップに注がれていく、（昨日の誕生日も、真面目に壊れていましたね）、水面で幾度となく呟く泡《日々》を／耳搔きほどの小匙で掬い、「致死量」を量りながら内服《服役》する僕は今日、知らない誰かの血を吐いていて、*boy*, 屋上でさかさまに咲くじさつの星を静かな脈に打っていた

（中尾太一「僕の致死量のウィスキー」部分）

われわれの固有性の在り様は、ひとつのコンタクトレンズである。この即物性を信頼すべきである。空間と時間が溶解しているまるでゼリー状の時空にわれわれの体はあり、またその意味でわれわれ自身もまたゼリー状であるということができる。われわれは宇宙そのものに融即するのであり、生死の前後にそのさしたる差異を認めない厳しい選択を行う。ただ、すべてがわれわれであり、すべてはわれわれの反映であるということは、われわれと名指す人称を自ずと不可能にする。われわれは人称を志向する。何もなかったことにする反歴史主義者をわれわれは最も嫌悪する。

（岸田将幸「歩く太陽黒点への手紙」部分）

前者は行分け二行、後者は散文体であり、詩篇のタイトルがやたら長いことが共通である。まずはこの時期の新鋭詩人たちの詩作品に一行が異様なほど長い行分け詩や散文体をとるものが多い、その典型例であることを指摘しておこう。後者は一応「手紙」と自ら名乗ってもいるのだからその意味内容の非日常性にもかかわらず、そしてそのことによって僕自身、魂をゆさぶられているにもかかわらず、「生死の前後にそのさしたる差異を認めない」とまで語られているにもかかわらず、詩篇全体に受ける印象は異様なまで「ふつう」である。前者にあっては語彙もイメージも統辞法も、それこそどれをとって

も非日常的であるのに、僕はまっすぐ具体的な「きみ」に語りかける「僕」になれた。これをもっともらしい理由をつけて分析することにさしたる意味があるようには思えない。むしろそれぞれの作品が個別の主体の具体的な生を生き、具体的な誰かに言葉を届けようとしていることが重要であるように思われるのだ。言い換えるならこれらの詩篇にあっては、どのようにアクロバティックな言語の冒険があろうとも人間が手放されてはおらず、意味が手放されておらず、「世界」が手放されてはいないのだ。これら過激な日常性とも言うべき「ふつう」を前提として共有する安川奈緒の詩集『MELOPHOBIA』や、そのフォルムのために引用することが難しい永澤康太の『lose dog』は最もラディカルに「ふつう」＝日常を選択した、と言うことができるかもしれない。この「ふつう／日常」の領野を最もクリアに体現するのが水無田気流と三角みづ紀だ。「私は生まれた／大量生産された希望と／大量生産された生活史と／大量廃棄された死体の上に（中略）／とりたてて　これといって／特徴のない、生／私　は」（水無田気流「ライフ・ヒストリー」部分）。ここにまさに西欧的近代のどんづまりの光景なのだが、それはたとえば三角みづ紀の「足首を切断してから／三呼吸目にチャイムがなった／流しの下に／足首をほおりこむ／あまりにも早く／恋人は来た」といったものすごい非日常をあまりにも「ふつう」な日常のひとコマにしていく力の行使とやはり何かの前提を共有しているのである。

このような「ふつう」という日常性の切実な希求はおそらく、散文的な日常にあって、非日常であることとそのものが「詩」であった時代が終り、あらゆる二項対立がなしくずしになるとともにいつのまにか非日常が日常と地つづきになり、あるいは交換されてしまった現在において必然的に要請された身振りではないだろうか。ちなみに「九・一一」はそれを一気に可視化したにすぎない。もはや非日常が日常である以上、詩もまた、日常の中に自らの場所を見い出さなければならない。おそらくそのような局面で召喚されるのが「人間」なのではないか。かつては詩の自由のために試みられたあらゆる越境、溶解が今や当然の前提と化している詩的現在を前に、それ自体は否応なく日常でありながら同時に究極のブラックボックスでもある「人間」は非日常ならざる日常において最後のリアルであるのかもしれない。「人間」の選択はすなわち抒情の選択であるわけだが、瀬尾育生が正しくも「決然たる抒情」と呼ぶそれは感情への共感が類型化への曲り角となるような類とは全然別ものであって、時には安川奈緒や奥津ゆかりのように自らが人間であることを自明のものとはしないほどの危機的な時空間を開示するのだ。だが一方、「人間」であることは無限の伝達可能性である。あらゆる二項対立あらゆる普遍的価値、あらゆる超越的なものが無効になった今日、詩はその抒情的リアルを普遍性にではなく、個別特定の主体から個別特定の主体に発信することによって一般化、類型化から身を剝がさなければならない。「前提」のみを共有し、あらゆる個に開かれるそれ自体も特定具体の個、そのような根源的個別性としての抒情詩を語るに、それを全体として把握すべき展望する高みなどあろうはずもないのだ。

（「現代詩手帖」二〇〇九年六月号）

作品論・詩人論

新たなる歴史性へ

城戸朱理

わたしたちは、歴史を日付と年代で表わされる事項と、その連続性によって把握し、理解する。x年x月x日という日付＝年代は、歴史学においては、もっとも重要なものであるのは言うまでもないだろう。しかし、歴史とは、ひとつではない。

言葉による記録が何ひとつない先史時代や考古学時代にあっては、時間の尺度は、数万年単位、あるいは数千年単位となる。それは、日付＝年代をもとに一世紀単位で把握される歴史学時代とは別の時間軸なのであって、歴史とは、先史時代、考古学時代、歴史学時代といった複数の歴史領域によって形成されている。重要なのは、ここから先である。

紀元前二七年は、ローマが共和制から帝政に変わり、ローマ帝国が成立した年であり、一四五三年は東ローマ帝国が滅亡した年である。こうした個別の日付と年代は、歴史学においては重要なものであるわけだが、x千年やx万年といった時間のなかにおいては、何らかの意味を持つものではない。つまり、複数の歴史領域とは不連続的なものであって、同じように、歴史学的時間を考えるときには、逆のことが起こることになる。

フランスの文化人類学者、クロード・レヴィ＝ストロースは、そうした歴史の時間軸のうちで、x年x月x日という形で表わされる歴史のことを「弱い歴史」と呼んだ。それは「伝記的挿話的歴史」にほかならず、そうした人間にとって重要な個別の歴史性は、何万年、何千年という「強い歴史」のなかに送り出されたときには、その個別性や個人性を失ってしまう。つまり、「弱い歴史」をいくら集積していっても、それは「強い歴史」を構成することはない。「弱い歴史」と「強い歴史」とは、あらかじめ異った別個の尺度によって形成されており、両者は連続性を有してはいない。それが、レヴィ＝ストロースが『野性の思考』の最終章「歴史と弁証法」において、語ったことだった。

「弱い歴史《フェブル》」と「強い歴史《フォルト》」。この考え方は、実に興味深い。日本はこの二十年、阪神淡路大震災、新潟県中越地震、岩手・宮城内陸地震、東日本大震災、さらには熊本地震と次々に巨大地震に襲われている。このうち、東日本大震災だけは、プレート境界で発生する海溝型地震だったが、それ以外は、活断層の横ズレが原因となる直下型地震だった。それだけに、活断層という言葉には、誰もが敏感にならざるをえないが、その定義は「きわめて近い時代まで地殻運動を繰り返し、今後も活動する可能性がある断層」というものである。そして、この定義における「きわめて近い時代」とは、新世代第四紀、すなわち二五八万八千年前から現在までを指している。二五八万八千年間という地質学的時代区分を前にしたとき、個人はもちろん、人類史さえ個別性を失ってしまうのは納得せざるをえないが、そのうえで、「弱い」「強い」と言っても、それは優劣を語るものではないことに注意しよう。両者は別個の尺度であり、歴史を考えるうえで別の視座を提供するものでしかない。そして、日付と年代をともなう千年、二千年といった有史時代は、あくまでも、人類という視点から編まれたものであり、さらに言うならば、その有史時代にあってさえ、「弱い歴史」と「強い歴史」という区分が存在する。

わたしたちは、歴史というものを確固とした過去の出来事の集積と考えている。たしかに日付と年代をともなう有史時代にあっては、何年に何が起こったという事実は揺るがしがたいものであるわけだが、ある出来事を引き起こすことになる潜在性のうち、より強いものだけが残され、弱いものは捨象されざるをえない。また、ある時代における出来事も、積極的で肯定的なものと消極的で否定的なものに分けることができるわけだが、消極的なものは、積極的なものを際立たせるために利用されたあとで、やはり捨象されてしまう。つまり、歴史とは、それを語る人によって選ばれた強い潜在性と積極性の集積にほかならないのであって、捨象された弱い潜在性と消極性を不可視の土台とするものなのである。

しかし、見えないものになったからといって、弱い潜在性や消極性が存在したことも、動かしがたい事実であり、それは、歴史の基層の余白を構成している。その基層と余白をも貫いて、ありうべき歴史を書くこと、それが、田野倉康一の詩の主題なのだと、ひとまずは言っておこう。

　本書には、田野倉康一の五冊の既刊詩集が採録されているが、その並び方には特徴がある。巻頭には、まず第二詩集『廃都』全篇が置かれ、続いて第三詩集『産土／うぶすな』全篇、第四詩集『流記』全篇、第五詩集『真景《イメージ》』抄録、そして、最後に著者二十代の第一詩集『行間に雪片を浮かべ』抄録と未刊詩篇が置かれるという構成は、詩人自身の自らの詩的営為に対する評価が反映されているように思われる。

『真景《イメージ》』が全篇収録ではなく、抄録となったのは、たんに物理的な問題かも知れないが、第一詩集をあえて既刊詩集の最後に置くという構成は、明らかに意図されたものだろうし、田野倉康一は、『行間に雪片を浮かべ』を、自らが選び取った歴史という詩的主題に、いまだ踏み込んではいない序奏と考えたのではないだろうか。

　しかし、『行間に雪片を浮かべ』は、それ以降の詩人の方向性をひそかに示す予兆に満ちた詩集である。一読して気づくのは、この詩集が、注意深く断言を避けていることだろう。多用される体言止めと連用中止形。それは、余韻や余情といった情緒的なものではなく、そこに続く空白を前にして、詩行が立ち止ったかのようでもある。次のような詩行は、そのことを、こよなく示しているように思われる。

光なく闇なく
いづこへも至らず
何も写さず誰も来ない
カラの寝棺にカラの喩の
連禱の果てたらされる錘りの
不意の破裂　あるか　遠い汽笛と
汽車はしる轟音だけがどこからともなく
ナカスギ通り交叉点を浸し
隅から隅へ
浮びあがる詳細を測る

いささか象徴的な詩行である。光もなく、闇もない。何事も起こらず、誰もいない。寝棺が空である以上、そこには死者も存在せず、喩えるべき何事もない。つまりは、言葉さえ消失しかねないところに、ただ遠い汽笛と汽車の轟音だけが響く。そこに具体的な地名が現われる。東京都杉並区阿佐ヶ谷の中杉通り。それは、詩集刊行当時の筆者の生活圏でもあったが、どこであっても構わない。何事も起こらない中杉通りで、測られる詳細とは何だろうか。それは、すなわち、何も起こらず、死者さえもいないという空白にほかならない。『行間に雪片を浮かべ』とは、まさに、そのような空白を巡る詩集であり、そのとき、田野倉康一は、歴史における弱い潜在性と消極性というものに出会ったのではないだろうか。

今にして思うと、『行間に雪片を浮かべ』というタイトルも、深くうなずけるものがある。「行間」という空白、浮かべたとしても、すぐに消え失せてしまうだろう「雪片」。その書名が語っているのは、何もないように見えながらも、実は強い潜在性と積極性によって紡がれる歴史というものの不可視の基層となるものだったのだろう。

田野倉康一の第一詩集が刊行されたのは、一九八六年。そのころ、わたしは、田野倉康一、広瀬大志、高貝弘也らとともに、同人誌「洗濯船」を刊行していた。その第六号で吉岡実特集を組んだことから、吉岡実氏の知遇を得て、ときおり、渋谷道玄坂の喫茶店ＴＯＰで、吉岡さんと歓談のときを過ごしたのだが、『行間に雪片を浮かべ』が刊行された直後に、吉岡さんは、この詩集を評価し、「田野倉くんは、「洗濯船」第三の男になるかも知れないね」と語られていたことを思い出す。迂闊にも、吉岡さんが考える第一の男と第二の男が誰なのかは聞きそびれたが、長らく詩集の推薦文は書かないというポリシーをお持ちだった吉岡さんが、その禁を破って帯文を寄せて下さったのが、私の第一詩集『召喚』（一九八五）であり、さらには高貝弘也くんの第三詩集『敷き蘭』（一九八七）であったことを思うと、それは私と高貝くんを指していたのかも知れない。そして、吉岡さんが、もし『廃都』以降の詩集を読むことができたら、第一詩集への評価が間違っていなかったことを確信されたことだろう。

そして、第二詩集『廃都』で、田野倉康一は、自らの方向性を明らかにする。この詩集は「渡海破」二篇、「律令」六篇、「廃都」四篇で構成されているが、目次を見るだけで、古代の日本を題材とする一集であることは分かるだろう。「渡海破」とは、高句麗第十九代の王である広開土王の業績を称えた石碑に見える言葉である。広開土王碑は、四世紀末から五世紀初めの朝鮮半島の歴史を知るうえでの一次史料とされているが、倭国、すなわち日本の半島への侵攻が何度も語られている。そして、「渡海破2」には「使持節都督　倭　新羅　任那　加羅　秦韓　慕韓　六国諸軍事／安東大将軍倭国王」という官位が現われる。これは、五世紀、中国南朝の宋に朝貢した倭の五王のうち雄略天皇に比される倭王武が授った位官であり、すなわち雄略帝を指している。第二十一代天皇、雄略帝は、歴史上、ヤマト王権が拡大された画期に当たる天皇と考えられており、わが国の『古事記』『日本書紀』のみならず、中国の『宋書』、朝鮮半島の「広開土王碑」にも事跡が残されていることから、日付と年代をともなう「伝記的挿話的歴史」の始まりを仮託する人物として選ばれたのだろうと考えられる。しかし、詩人は、その事跡をたどろうとはしない。

縮尺がしなう
掃討の幅広い軍道をよぎり
倍数の
片輪の神が目ひとつでゆく
倍数の
剝き身の夢をなだらかに折り
書紀の背後に間道を抜け
眼前の
明澄な河床と見えて
実は仮想の国境を越え
むしろ未完の地勢をえらぶ

（傍点筆者、「渡海破2」）

田野倉康一が選ぶのは、記紀に現われる「掃討の幅広い軍道」ではなく、歴史として書かれたものの「背後」の「間道」なのである。そこでは、語られることのなかった「片輪の神」が歩き、明らかだと思われていた「国境」もまた、仮想のものでしかない。そうしたとき、

「むしろ未完の地勢をえらぶ」という一行は、詩人の決意を表わすものとなるだろう。それは、歴史における不可視の潜在性を再び見えるものとし、捨象された消極性を書き留めていくことの宣言なのである。

『廃都』には、雄略天皇のほかに、二人の歴史上の人物が登場する。一人は「陸奥国按察使兼鎮守将軍従四位下／大野東人《オオノノアズマヒト》」であり、もう一人は「持節遣唐大使参議左大弁式部権大輔従四位下／菅原朝臣」、すなわち菅原道真である。奈良時代、八世紀に蝦夷征討と開拓に功があり、さらに大宰少弐、藤原広嗣の乱を平定した大野東人と、平安時代、九世紀に右大臣まで昇りながら、太宰府へと流され、後に天満天神として祀られる菅原道真。ふたりの事跡は、神話時代から歴史時代への過渡期に位置する雄略帝より明らかだが、詩集の主眼は、それを語ることにはない。

「あらゆる名簿がくくられる頃／命名の配備は辺境におよび／爛熟の京師は饒舌の中へ／饒舌の底深い混沌の中へと／ぐずぐずと／くずおれて／ゆく／／遅延から／こぼれたる／そのものの名をも／解き明かせ！」（「律令5」）。もはや、神話時代のように不分明なものはない。あらゆるものは名づけられ、過剰なまでの言葉に覆われている。しかし、そうしたなかで、いや、そうしたなかだからこそ、こぼれ落ちていく名前がある。「おまえたちは語りえぬわたしたちは誰だ」（「廃都3」、傍点ママ）。そのこぼれ落ちた名前を、私たちは語ることができない。しかし、それを語りえぬ「わたしたち」もまた「おまえたち」と同じなのではないのか。おそらく、この一行に『廃都』という詩集の主題が集約されている。すでに失われ、いかなる方法をもってしても語りえぬことはある。しかし、それを、さらに語ろうとする意志を、この一行は表わしているのではないだろうか。

それに対して『産土／うぶすな』には、特定できる歴史上の時代区分や人物は登場しない。いや、むしろ、それは当然だろう。産土神《うぶすながみ》とは、神道において、ある人間が生まれた土地に宿る神を指す。氏神が血縁にもとづくのに対して、地縁に由来する神であり、ある土地に生まれた人間を誕生前から死後まで守護する神と信じられてきた。つまり、『産土／うぶすな』とは、時間軸ではなく、上代から育まれてきた日本的心性を描こうとする試みなのだと言えるだろう。
　産土神は土地に由来するだけに、日本中のどこでも産土神社があり、神の名が地名に響き渡っている。それは、信仰というよりも、日本人の源初の記憶の名残りなのかも知れない。それだけに、詩集にも懐旧の想いがにじむところがあるが、同時に、同じ大地にかつて倒れていった死者が重層化していくようでもある。「はりつめた無音の／水底に沈む／／（声）だろうか／細く細くざわめいては絶えてゆく／血、／のようなもの／あるいは／それだけで蔽われている／永劫の屍体と／からみ合い／ほつれ合い／この没滅のひとときに沿って／なお、／幾重もの映像が／軽やかに／まわる」（「羇旅」）。「幾重もの映像」、それは、同じ土地に生まれては死んでいった人々の人生のメタファーなのではあるまいか。こうして、田野倉康一は、自らの詩業の、現時点での集大成とでも言うべき第四詩集『流記』に到達する。

日の神の裔、大王《おおきみ》の
みことかしこみ一枝の
果実を求め渡るもの
時に粗暴な皇子でもあり
祓い遣られる神霊であり
また時にはそのはるかに裔の
黒衣の武将僧形の史家、
密偵まがいの宗匠であり
さらには狂気の詩人でもある
ぼくたちがぼくが
今、目の当たりにする東国の山野を
行く者は、皆
自らの軀を見ることができない。

わずか十三行の一連だが、ここには神話時代から近世に至るまでの人物像が重層化していく。それが具体的に誰を指しているのかは、ここでは問題ではない。彼らは、まったく違う時代を生きたにもかかわらず、同一の存在であり、時に応じて、「粗暴な皇子」「祓い遣られる神霊」「武将僧形の史家」「密偵まがいの宗匠」といった違う姿を取って現われる。しかも、その血脈は今日に至るまで脈々と受け継がれている。「ぼくたちがぼくが／今、目の当たりにする東国の山野を」という二行が明らかにしているように、『流記』における歴史性は、必ずや現在と並置され、時間軸によって隔てられることのない混合物《アマルガム》となっていく。「一条、戻り橋／清明に映える／地にしまり／背に吹く／風」。平安時代、十世紀の陰陽師にして天文博士、安倍清明の風景が、続く連で、「見慣れた群衆と交差点に交わり／四条河原町／阪急デパートの角をまがる」と現在の京都の街並みに紛れていくように。だとしたら、先に引いた連の「狂気の詩人」とは、田野倉康一、その人を云うのではないだろうか。

『流記』には、著者自身による「あとがき」が付されており、本書にも再録されている。これは、田野倉康一という詩人を語るうえで、きわめて重要なものなので、ここでも紹介しておきたい。

> 「流記」とは、たとえば『法隆寺伽藍縁起并《ならびに》流記《るき》資財帳』が時間の流れに沿って、何百年もひたすら書き足されてゆくことによって成立した法隆寺の財産目録であったように、時系列で一切の取捨選択をなしにリアルタイムで書き足されてゆくそれ自体が自律的な時間そのものであるような書物を意味している。それは人間の「生」がそうであるように、本来取捨選択の範疇にないある〈世界〉の全体を呈示する方法として有効なのだ。歴史が、叙述されることによって常に何ものかを切り捨てて来た西洋的近代とは異なる、あるまるごとの「歴史」、あるいはまるごとの「生」こそがそこに立ち現れてくるように思われるのである。
>
> （傍点ママ）

一切の取捨選択なしにリアルタイムで書き足されてゆく書物。それは、歴史学が語る歴史ではなく、「自律的な時間」であり、もうひとつの、ありうべき歴史を語るものとなる。もちろん、地上の出来事ことごとくをリアルタイムで書き留めていくことは誰にもできない。それは、決して記述しえないものであり、閲覧しえないものとならざるをえない。だとしたら、それもまた何事かを欠いたものとなって、「歴史」や「生」の全体性を示しうるものとはならないのではないか。この疑問に対する田野倉康一の回答は、すでに見てきた通りである。すなわち、神話から現在までを重層化し、現在において、歴史と今このときを同時に生き抜くこと。それが、『流記』において、詩人が見い出した方法なのだと思う。

美術、とりわけ現代美術に造詣が深い著者が、さまざまなアーティストらへのコレスポンダンスとして編んだ詩集が『真景《イメージ》』だが、はたして、『廃都』から始まって、『流記』に結実した方法は、これから、どんな展開を見せるのだろうか。そして、そこには、「歴史」と「生」の、どのような全体性が姿を現わすのだろうか。わたしたちは、そのとき、新たな歴史性を出会い、語られることのなかった歴史をひもとくことになるのだろう。

（2016.5）

野川のほとりにて

長野まゆみ

保育園にはじめて登園した日、田野倉くんは正面玄関で凄惨な光景を目撃する。首のない子どもが血を流していたのだ。前後関係はまったくわからない。ただ、そこが木造の園舎の土間であったことを語る。

わたしもおなじ保育園に通っていた。田野倉くんとは生まれ年はちがうが、学年はおなじだ。園舎の玄関が土間だったことはおぼえている。わたしの保育園時代の年代記に、首のない子どもは登場しない。はじめて登園した日は、奥まった部屋で先生がたが談笑する場面が印象深い。そこには囲炉裏があった。先生がたは炉辺で語りあっていた。冬ではない。雨の季節だった。軒をうつ雨音がもうひとつの記憶だ。

わたしは年中組に中途入園した。だから、初登園が入園式ではない。母に確認したが、保育園の教員室に囲炉裏などなかったと云う。

田野倉くんもまた、年度途中の入園である。待機児童などいない時代の話だ。わたしの母も仲良しの友だちの母も専業主婦だった。空きがあったので入園していた。田野倉くんの母上は働く人だった。

ある雨もようの午后、わたしは仲良しの直子ちゃん、千秋ちゃんと粘土遊びに熱中していた。何人分かの机をつなげて、そのうえに大きな板をおき、思いつくかぎりの動物を粘土でこしらえているところだった。

「お迎え」を待っている時間帯だ。教室に残っている子は少ない。隅のほうに、見慣れない男の子がぽつんと腰かけていた。色白でほっそりして、耳だけがとても大きい子だった。それが田野倉くんである。

気だてがよく心のひろい性質の直子ちゃんが、仲間に入れてあげようかと云いだして、田野倉くんを粘土遊びに誘った。その後、仲よく遊んだのかどうかは記憶にない。たぶん、わたしがブチこわしにしただろうと思う。さいわいに、田野倉くんをふくめたこの三人とはいまも交流がある。幼な友だちとはありがたいものだ。

話を戻すが、保育園の初登園日を、田野倉くんもわたしも種類こそちがえども非現実的な光景として記憶している点では共通する。たぶんこれは子ども時代のパブリック空間デビューに、必ずしも成功していない証しだろう。拒絶の表現のひとつなのだ。

世間と折りあいをつけるのは、そうたやすくないことを意識の底に刻んだ。しかし自覚はできなかった。だから、その後も〈学校〉という空間で、息苦しい日々がつづいた。

小学校では、一度もおなじクラスになっていない。田野倉くんによれば、入学時は学区域がちがっていたので「小学校でも転入生だった」そうだ。四年生になり、郷土クラブで再会した。保育園に途中からやってきた、あの男の子だなあと思いだした。耳の大きい点をおぼえていたのだ。このころには福耳ということばを知っていた。

田野倉くんのまわりには、よき仲間がいるように見えた。にこやかで心のひろい直子ちゃんが転校してしまったのち、わたしはとほうに暮れていた。千秋ちゃんは小学生にしてすでに才女となっており、近よりがたかった。つるむ相手のいない者が選ぶ部活動が郷土クラブだった。

仲間と協調せずにひとりで地面を掘っていても、文句を云われない。

球根を植えるつもりで校庭の土を掘りかえす。すると、縄文土器のかけらがあらわれる。そんな土地だった。校庭は懐に遊水池を抱く崖のうえにあり、日当たりも十分だ。隣接する切通しをくだれば、イネ科の植物が群生する低湿地にでる。もとは畔であった道が、通学路だった。

タニシもいる。ゲンゴロウもいる。アオダイショウもいる。ゴイサキもいる。ヒバリもいる。ミゾソバの花が咲く。タゼリが繁る。タビラコが根を張る。ナズナ、ハコベ、レンゲ、ジュズダマ、スズメノテッポウ。草を摘み、束にして編み、草笛を吹きながら歩く。

おとなら二十分の道のりを、たっぷり一時間以上かけて遊びながら家まで帰る。草も木もよく繁っている。先史時代の移動性採集狩猟民族にとっては、最適の野営地であっただろう。しかし、わたしの世代が子どものころは、石器時代の人々に共同作業や流通をともなう「暮らし」があるとは、おとなでさえ認識していなかった。郷土クラブの部活動中に、学校の校庭になぜ多くの縄文遺跡があるのか、納得のゆく答えは得られなかった。

先史時代の人々は、たんに原始人としてあつかわれた。わたしたちがどこから来て、どこへ行こうとするのか、その道筋を示す人たちだとは思われていなかった。土器を追って、田野倉くんたち男子は、秘密の場所へ自転車を走らせる。こちらは地図の読めない女なので、追っていっても途中でまかれた。

道があるわけではなく、あきらかな私有地や藪を通ってゆくからだ。有刺鉄線と、野犬にはばまれて前進できず、すごすご帰ってきた。そのあたりは、バブル期のころさえもまだ鬱蒼とした森があり、先史人の呪的な場所をかいまみることができた。

今のわたしたちは、この区域の遺跡から長野県の和田峠産の黒曜石が発掘される理由を、知りたいと思う子どもに説くことができる――黒曜石には塩や絹とおなじく「道」があるのだ――。だが、逆に子どもたちのほうは、造成地で遊んでいて土器や石鏃や須恵器のかけらを見つける機会がなくなった。指輪と鍵なくしては、冒険もはじまらない。

崖地の地肌がむきだしだったころ、子どもでさえも関東ローム層とその下の礫層の色のちがいに気づいた。どちらも水が浸透しやすく、地下水は崖の下部ほど豊富だ。したがって坂ののぼり口では、どこからでも水が噴きだした。シャベルで少し掘るだけで、小さな噴水をつくることができた。その噴水に虹が宿るのを目にすれば、もう有頂天だ。田野倉くんとは、こうした昔話をくりかえして、原風景のおさらいをしている。

武蔵野名物〈逃げ水〉も子どもを魅了した。甲州街道のバイパスとしてつくられた東八道路は一部だけが通行可能だった（四十年が過ぎた現在も完成していないのだが）。

小金井から三鷹へ向かうその真新しい道路の交通量はまだ少なく、滑走路のような広さで崖の縁をのぼってゆくなだらかな坂道だった。その路面で太陽光が屈折し、水たまりがあらわれる。近づくと消えてしまい、はるか先にべつの水たまりを見つける。水たまりというよりは、ぬるぬるとした油膜のようだった。

水道の水で育ったわたしたちの世代は、この現象を〈逃げ水〉と呼んでいたが、本来の武蔵野の〈逃げ水〉は、三鷹、小金井、小平、所沢と西へ進むほど地下水源が深くなり（標高が高くなるにつれて礫層も厚くなるため）、水に不自由した時代の、やっと見つけた野水が逃げるように涸れてしまうことを指す。こうした話は、土地の古老が語ってくれた。

田野倉くんとは中学校もおなじだった。彼はこの学校の校歌がいまでも好きだそうだ。混声四部合唱で歌う。男子の高音部が彼のパートだったから、ひとりで歌っても曲にならない。歌詞にはわたしたちの育った土地の失われた光景が詠いこまれていた。太古の多摩川がえぐった台地は切り立った崖となり、その裾野に平らかな湿地がひろがる。

〈めぐらす森のいろ深く　つづく広野の果てしなき〉

中学校は崖下の湿地を埋めた土地にあった。雨が降れば、校庭はたちまち水浸しになる。冬の朝は、五センチを越す霜柱がざくざくと立ちあがる。関東ローム層の赤土のなせるわざだ。堆積物からなるローム層と礫層は水を透しやすい。夜のあいだに溜まった水分が、朝の陽をあびて蒸発し、それが霧となって立ちこめる。冬ならば浸透したのちに凍り、膨脹して地表を破る。

栗林と桑畑がまだふんだんにあった四十年まえ、学校のまわりに朝霧がもやっていることはめずらしくなかった。校門の向かいにあった馬場の馬が、霧のなかにうっすらと浮かんだ。

中学校のすぐそばを単線の私鉄が通る。沿線の住宅地と中央線を結ぶ通勤電車だが、かつては多摩川の砂利をはこぶ運搬線だった。専用の鉄路をつくって運ぶほどに豊富だった砂利の存在は、この一帯が多摩川の氾濫域であったことを教えてくれる。

砂利を採取すれば川底は低下する。その低地に競艇場と競馬場がつくられた。河岸と馬の関係を現代のわたしたちは忘れがちであるが、中世には海運と馬が密接にむすびついていたことを思えば納得であり、町の史跡としての馬頭観音や、古代の馬の埴輪がたくさん出土する意味を探り、先人の暮らしぶりを思う。

しかし、わたしがそれらに関心を持ったのは中学時代ではない。ここでも郷土クラブに属していたが、教科として行われた当時の部活動は名目で、実質は苦手科目の予備学習をする時間だった。

田野倉くんが原風景ということを云いだしたのは、高校生のころだ。表現したいものが具体的になりつつあったのだろう。意識のなかに組み込まれた何かが、前へ出ようとしていた。わたしはまだ、なにを「原」とするのか定まらなかった。子ども時代との距離が近すぎた。学校の校舎や、診療所や、ペンキの剝げかかった青い門のある家を意識にとどめ、童話を書いていた。

原風景と呼ぶべきものはいまでも怪しいが、やはりあの武蔵野台地と低地をへだてる境界にそれはあるのだろう。保育園と小学校は、おなじ急勾配の坂に面していた。そこは、国分寺崖線とよばれる河岸段丘だった。

もともと地面を掘れば湧水があふれだす土地だ。強めの雨がふるたび、滝のような流れができる。坂の下の道路は川となり、子どものサンダルや木の葉を運びつつ本来の川へ合流する。橋はしばしば水に浸かった。増水に備え、川べりの家はどこも盛り土をして一段高いところに建物があった。

いま、湧水は昔ほど豊かではない。坂道が滝になることもない。川は渇水が危ぶまれるほどだ。それでも、ひとたび雨が降ればたやすく泥濘になったあの坂下の低地に、いつのまにやら保育園が移転した意味はさっぱりわからない。かつて沼気に満ちていた場所だ。ここに通う子どもは、なにも感じないだろうか。田野倉くんなら、否と云ってほくそ笑むだろう。

ただし、子どもはそれをエネルギーに変えればよいのだ。かつての田野倉くんが異質な空気や違和感を感じとるたびに、それを意識のなかへ貯蔵して、やがて動力として使いこなしたように。

（2016.2）

復命はどのように可能か

——田野倉康一の『流記』を読む

吉田文憲

詩人は『流記』を「西洋的時間意識とは異なる場所で」、失われて久しい「ある〈全体〉としての「歴史」を組み立てるべく試みられたひとつの見取り図」として、これを提出した、といっている（『流記』あとがき）。

その言を受けて、私はここに、次のようなもう一つの「見取り図」を提出してみたいと思う。

それは『流記』の背後に、詩人が参照したにちがいない入沢康夫の『わが出雲・わが鎮魂』と吉増剛造の『オシリス、石ノ神』を置いてみる——いわばそのような戦後詩のなかでもまちがいなくエポック・メーキングをなす二つの詩集をここに重ねてこの詩集を読んでみる、という「構想」である。

巻頭の詩篇にあるように、

ＪＲ京都駅、長大なエスカレーターに列を成してのぼり
常世へ
東海へ
打ちひしがれて架空の
船団を組む

というのが、この詩集のはじめに提出する壮大な神話的時空間である。古代王権のトポス、大和、あるいはここでは京都をその中心に据えれば、その背後、西方には出雲があり、東方には伊勢がある、という構図になる。それが大和を中心とした正史の、いわば皇統譜の作られた古代王権のコスモロジー、構図かもしれないが、詩人はそのときその東方に伊勢ではなく、もう一つの太陽信仰の場所、日の立つところ、そこへその名もスーパーひたちに乗って、常磐線をさらに北へ疾駆しながら、日高見の国、あるいは西方の常世ではなく、東方の常世の国をめざす。いわばこれは『わが出雲』の時空図を西から東へ、地下世界をひと巡り、反転させたところにおのれの「流記」を記そうとする。これがこの詩集の野心的でかつめざましいところではなかろうか。

その意味では、この詩集の構想は吉増剛造の『オシリス、石ノ神』に近いかもしれない。『オシリス、石ノ神』は周知のように大和と河内の境界線上に位置する二上山を境にして、詩人はやはり西から東へ抜けてくる。関西と関東がここでは『わが出雲』に対抗するようなかたちで詩の隠れた舞台になっている。常世は西方の海のかなたにあるのか。それとも東方の海のかなたにあるのか。いずれにしてもそこには見えない時空のトンネルがあり、それを新幹線＝現代の超高速の乗り物＝タイム・カプセルに乗って往還する、あるいはそれを脱け出たところに現代と古代を繋ぐ氏の言う「失われた」全体、あるいはこちら側の現実原則とは異なる時空間に支配されたアナザー・ワールド、もうひとつ別のありえたかもしれない「歴史」が顕れる——それをこの詩集はリアルタイムの漂流記として、現代のドキュメントとして記録する——それが『流記』の試みである、といってもいいだろう。

いずれにしてもこれら三冊の詩集に共通しているのはその世界が東西軸のコスモロジー、いわば太陽の道――神話的には「日の神ながく統をつたえる国」の、すなわち皇統譜の神話的ヴィジョンにおいてそれを反転させるべく展開されているということである。そしてこのとき隠された南北の軸は、おそらくこの世界をもうひとつのどこでもない場所・国へむけて垂直に立ちあげる幻の軸になると思うが、そのような垂直軸の世界観はとりわけ『流記』にはいまだ希薄なように感じられる。それはおそらく続篇があるらしいこの詩集以後の展開になるのだろう。

この詩集は、

言葉は異郷に入る

この一行から、はじまる。

この書き出しが、じつに巧みなのだと思われる。つまり詩人はこの書き出し、このどこか呪文のような一行によって私たちをたちまちこの詩集の世界、すなわちきわめてリアルなもうひとつの異郷へと連れ出してしまう。言葉がここが異郷だといえば、すなわちそこは異郷なのだ。これはほとんど同義反復的な言霊的世界である。むろんそんなことは魔術にでもかからない限り不可能だから、だからこそ詩人はそこでヌケヌケと思いきってその不可能な言挙げ、言霊的なありえない魔法をかけたとも言えるのだ。この一行がこの詩集のなんとも大胆な仕掛けであり、かつ異郷への魔法の扉（魔法の呪文と言うべきか）を開くタイム・トンネルにもなっている。以後新幹線「ひかり」か「こだま」かで詩人は京都へ赴き、最後はスーパー「ひたち」で東方の「日の立つところ」、こちら側へ還ってくる――それがこのタイム・トンネルを抜けてこちら側へ、現世へ帰還する『流記』のいわば地獄下りの「見取り図」である。だがではそこでどれほどの時間が流れたのか、還ってきたここはどこなのか。詩人はここでもあの浦島のように白髪の老人になってはいないのか。それがこの詩集の問おうとしているもう一つの答えられない問いでもある。そこに詩人は、佇立するようにして、あるまるごとの「歴史」
あるいはまるごとの「生」

という言葉を置くのだろう。

「ひかり」も、スーパー「ひたち」もたとえば進化論の世界や西洋近代の直線的な時間のうえを走るのではない。詩人のなかで、すでにして「ぼく」は三人ないし五人の分身の中の一人であり（いわば自己同一性は奪われてあり）、熱に浮かされて歪む時空をこの詩人は「先行する映像を追って」走り、あるいはさまざまな時空の声や阿鼻叫喚が入り乱れる世界の境界のあてどない闇をさまようのである。まるごとの「歴史」、まるごとの「生」とはだからいまここの「生」のドキュメントによってあきらかになってゆく瞬間瞬間ごとの複層的な世界の事象物象のすべてを指す。田野倉の言う「まるごと」の「歴史」や「まるごと」の「生」の背後には、たとえば入沢康夫の『わが出雲』のあの出雲（「さみなし」と呼ばれた空虚な場所の記録）が幻の虚点のようにあるのかもしれない。出雲を私的なかつ特権的な国家的規模の偽史の原点としてその鏡像世界に詩的ヴィジョンを顕ちあげることのできた入沢康夫に対して、だが田野倉にはもうそんな場所などどこにもない。「日立」あるいは「日高見」の国が彼の故郷かどうかは知らないが、ともあれそこは出雲のように特権的な場所ではもはやありえない。あるいは地名神話はそこからはもう顕ちあがりようもないあるのっぺりとした空虚な地勢図だけがそこには拡がっている。そのことが田野倉の「まるごと」という言葉にはどこかある断念のようにして、むしろある覚悟のようにして込められているのではなかろうか。異郷などこの現実のどこにもないのだ。「まるごと」の「生」を語れる神話的ヴィジョンなどこの世界のどこにもない。それを約束する特権的な場所などもう地上のどこにもないのだ。まるごとの「歴史」、まるごとの「生」とは、そのような現下の記号だけが増殖する新世紀の空虚な場所、記号の中でしか物語もその依って立つ足場も容易に作れないいわば〝むき出し〟の〝苛酷な〟生の現場を語っている。

だからこそ、書き出しの、

言葉は異郷に入る

この一行は、この書き割り的空間、神話的地勢図の不可能性へむけての、この試みの途方もない困難な道行を語る、ほとんど無謀な、かつ自らの試みへむけてのデスペレートなまでに挑発的な詩句でもあったろう。この詩集は、

乗り継げば西方へ
氷雨ふる吉野へ
復命すべき何ものもなく
夜半には
来るべき記号へと自らを解く

という詩行によって、結ばれる。

私がいまこの詩人に問うてみたいことは、たとえば「西方」も「吉野」ももう幻の虚点だとして、なおこの「あるまるごとの「歴史」や「生」」を生きるためにはそのような幻の虚点がなお詩集全体の構想として、あるいはこの神話剝がしのヴィジョンを支える構造として以後も有効なのかどうか、ということである。「来るべき記号へと自らを解く」場所とは、そのような虚点に支えられた構造すらもがもはや不可能なあの神話解体の現場をそれは指しているのかどうか、ということである。

ともあれこの田野倉の果敢な試みには、まだまだ先がある。まだこれは先がなければならない。

というよりも、「ひかり」やスーパー「ひたち」というタイム・カプセルに乗ってもまだ「来るべき記号」の「現在」はここに到来していないと言うべきか。この「到来」は容易ではない。タイム・カプセルはいまだあてどなくどこかの書き割的時空の闇をさまよっている。というよりも到来とはいつでも取り返しのつかないものとして事後的にしか顕ちあらわれないものなのかもしれない。詩人の言う復命ならぬ反復はだから一回性の生の出来事としてそれをくり返し遡行的に生きる「来るべき」プロセスのなかにしかやってこないものなのではな

かろうか。

『流記』以後の氏の詩業の次なる展開を私は注視して見守りたい。

（「あんど」五号、二〇〇五年二月）

置き去りの目がひらく瞬間、詩はかろうじて書かれている

杉本真維子

十七年ぶりに、ＪＲ川崎駅で降りると、「私の知っているＪＲ川崎駅」はどこにもなかった。十年ひと昔とはこういうことなのだな、と感心した。駅前の見知らぬ広場や交差点は、長い年月のなかで、失われたものがあることを認めよ、といちいち私に迫るようだった。かつてこの街で共に過ごした友人たちは、いない。流れていた音楽も、聴こえない。そのときの私ももういないのに、なぜいま私だけがここにいるのか。

何か大きなものから弾かれた気がしたが、私の戸惑いは、彼らの不在に対してではなかった。そんなことはとうの昔にわかっていたのだ。むしろ、不在であるはずの彼らのイメージが、鏡張りの壁のようにどこまでも均一にひろがり、抜け道がないことに戸惑っていた。

田野倉康一の最新詩集『真景《イメージ》』が、その日の私の鞄に

入っていたことは、ふしぎな邂逅だったと思う。詩集をとじて歩き始めると、彼らのイメージによって遮られた視界のむこうにあるものが「入れない世界」としてふくらみはじめた。そして、永遠に触れない彼らの実体、あるいはイメージという空虚を、両腕と胸で抱えたような体感が残った。そのとき私は、どこから疎外され、どこへ零れおちたのだろう。

「終わるものの専制は終わるものを砕く／東京高輪原美術館の庭から／今、ゆるやかにぶれてゆく／ゾルゲの顔《イメージ》／ヒトラーの残像《イメージ》／眼鏡だけが残り／見る者だけが消える／見る者が消えて／見たものが残る」（「帰還」）。

人が消えて、目線が残る。その目のなかにあるものは何か。田野倉康一は、イメージに覆われた世界を露呈させることで、もはやイメージこそが、私たちの真実の景色――「真景」であるというひとつの断言を皮肉に投げかける。同時に、決してイメージに回収されることのない「今」をつかみとる。それは「記憶するよりも速やかに／忘れ去ってゆくもの／刺さる前に抜ける／美しい／棘」（「沼津の富士」）なのだ。

「今」の切っ先のようなものが棘であるなら、その棘が、詩中、新幹線に乗って西へ向かう詩人という文脈と重ねられているところが面白い。つまり、高速で運ばれていく詩人の目が、イメージの壁を突き抜ける棘である、という「のぞみ」が提示されているのだ。

けれども、棘は、高速すぎて記憶にすら刺さらないという――だから「のぞみ」を追うことすら手遅れであるという絶望が引き寄せられるが、田野倉氏は自らを追い詰めるように、そこから実存の領域へと一気に飛びこんでいく。

「窓の景色は流れない／時速二八〇キロをはるかにはるかに超えて、／大増発ののぞみは／西へ向かって遅れつづける／ほとんど止まって遅れつづける／／ぼくたちはだから／精神を持たない／展開しない風景《イメージ》の中で／精神を持たない／つまり、／／死ぬことができない」（「生まれる場所」）。

これに、どう言葉で追いついたらいいだろう。いくつもの駅を通過しながら進む新幹線のように、言葉が高速でどこかへ向かおうとしている。棘、つまり「今」とは、詩と言い換えてもいいものだ、という確信がわいてくる。
そこで思い出すのは、詩「帰還」のように、人が消えても残る「目」のことである。私たちは、死者の眼差しがはっきりと残っている作品に出会ったとき、たしかに何かが死んでいない、ということに慄かざるを得ない。その置き去りの目がひらく瞬間、詩はかろうじて誰かによって書かれている、という言い方を、田野倉康一は可能にしている。この詩集は、そのことを、たしかな「のぞみ」として記す、生の刻印でもあるのだ。

(「図書新聞」二〇一〇年三月二十日)

現代詩文庫 229 田野倉康一詩集

発行日 ・ 二〇一六年八月一日
著 者 ・ 田野倉康一
発行者 ・ 小田啓之
発行所 ・ 株式会社思潮社
〒162-0842 東京都新宿区市谷砂土原町三―十五
電話〇三（三二六七）八一五三（営業）八一四一（編集）八一四二（FAX）
印刷所 ・ 三報社印刷株式会社
製本所 ・ 三報社印刷株式会社
用 紙 ・ 王子エフテックス株式会社
ISBN978-4-7837-1007-3 C0392

現代詩文庫 新刊

201 蜂飼耳詩集
202 岸田将幸詩集
203 中尾太一詩集
204 日和聡子詩集
205 田原詩集
206 三角みづ紀詩集
207 尾花仙朔詩集
208 田中佐知詩集
209 続続・高橋睦郎詩集
210 続続・新川和江詩集
211 続・岩田宏詩集
212 江代充詩集
213 貞久秀紀詩集
214 中上哲夫詩集

215 三井葉子詩集
216 平岡敏夫詩集
217 森崎和江詩集
218 境節詩集
219 田中郁子詩集
220 鈴木ユリイカ詩集
221 國峰照子詩集
222 小笠原鳥類詩集
223 水田宗子詩集
224 続・高良留美子詩集
225 有馬敲詩集
226 國井克彦詩集
227 暮尾淳詩集
228 山口眞理子詩集